宜蘭海傳說

傳說

蘭陽溪的風雲

藏身好過冬

PUSORAM

張秋鳳 著

村落分佈與人物代表

海上夢幻王國
蘭陽溪的風雲・海上不安定

一、Tamayan村

人物代表：Takid、Zawai（父子）、Piyan（Zawai之妻）

二、Hi-Fumashu村

人物代表：Kunuzangan（長老）、Vanasayan（長老大
人）、Avango（子）、Abas（Avango之妻）

三、Baagu村

人物代表：Papo、Pilanu（為Lono的最佳助手）

四、Torobuan（Torobiawan）村

代表人物：Lono（第一部村落王子，與Avango為同父異
母之兄弟）、Saya（Lono之妻）

五、Tupayap村

人物代表：Kaku（Kulau之好友）、Ipai（為妻子）

六、Tuvigan村

人物代表：Kulau（與Kaku為好友）、Wban（為妻子）

七、Vuroan村

人物代表：Anyao、Tanu（Tiyao最佳助手）、Basin
（Anyao之妻）、Ilau（Tanu之妻）

八、**Torogan村**

人物代表：Tiyao（第二部村落王子）、Avas（為妻子）

蘭陽溪的風雲・藏身好過冬

一、**Panaut村&Karewan村：**

人物代表：Zawai、Piyan（夫妻）

二、**Tupayap村&浪速海灣：**

人物代表：Avango、Abas（夫妻）

三、**Binabagaatan村&大濁水溪：**

人物代表：Papo、Avas（夫妻）

四、**Vuroan村&Torogan村：**

人物代表：Lono（村落王子）、Saya（夫妻）

五、**Kirippoan村&Takili河：**

人物代表：Pilanu、Api（夫妻）

相關人物：

海龍將軍、海龜將軍、水晶、Kena-Taroko王子。

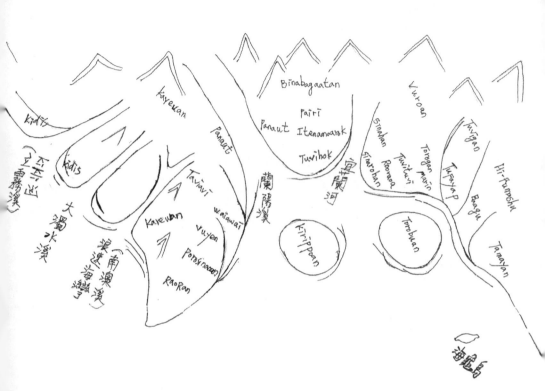

古世紀宜蘭海分佈圖

古今地名對照表

宜蘭縣

Tamayan Hi-Fumashu Baagu	頭城鎮
Torobuan Torogan Tupapay	礁溪鄉
Tuvihok	員山鄉
Kirippoan	壯圍鄉
Panaut	三星鄉
Waiawai Taviavi	羅東鎮
Vuyen RaoRan	冬山鄉

花蓮縣

Kidis	新城鄉、秀林鄉

【自序】來自Sanasai傳說

新聞專題講述著一段攸關蘭陽溪河川被無限期租用的事：

> 蘭陽溪河川地原本只放租泰雅大橋至北橫公路口，但因為租金低廉，近年來放租面積大幅向中上游延伸。農作物改變蘭陽溪谷樣貌，整地、開路後的河床，更破壞了河流原本的水道，大雨一來就釀災。當地環保團體與立委田秋堇批評，在蘭陽溪整地的農民，多半是中南部來的「金主」，宜蘭在地農民反而只是受僱者，對收入沒有助益，環團多次呼籲河川局別再放租，但情況未見改善。

這使我想起過去參加劉益昌教授在講解古台灣歷史的一段Sanasai傳說：

> 大台北地區的馬賽，會追溯祖源到Sanasai；哆囉美遠人則追溯祖源到達奇里；而宜蘭的噶瑪蘭人——特別是溪北的部分，卻追溯祖源到北海岸的馬賽。其中的差異，除了透露族群移動過程中，會有原鄉、第一居停地、第二、第三、第四……原鄉的變動與相對性，也使Sanasai傳說圈的空間範疇，以移動的主體為中心，產生多層次的變化。從歷史的角度看，南來北往、大大小小的移動，正顯示族群的分布，是時時處於變動不居的狀態；同時，此一變動，長期以來又局

限在一定的空間。Sanasai傳說圈的族群體系，因此也隨著長時段的時空之變、短時段的穩定狀態，呈現著不同的族群內涵。

承襲撰寫上一本歷史文學小說《大肚王國的故事》的精神，開始走訪宜蘭各古蹟名勝，同時觀光賞景、吃海產吃到飽的作者，一個人站在宜蘭火車站，突然發呆起來了……。這時，有一道天光從天而降，彷彿對我說：「天將降大任於汝也，汝必將茲寫出來。」

我在尋找宜蘭古文化歷史的考據期間，如同《大肚王國的故事》的歷史一樣，發現諸多傳說不免穿鑿附會之嫌，需要抽絲剝繭才能一一釐清所有脈絡，還原其最確實的歷史面貌。於是，我將所有考證發現之蘭陽溪歷史文化，從頭城開始經礁溪劃一直線到宜蘭、羅東，再劃一道直線到蘇澳，以東都是一片大海，我統稱為「宜蘭海」。在這一本蘭陽溪河流歷史文學裡，講述的就是宜蘭海的夢幻王國故事。

我們過去所認知的噶瑪蘭族（Kbalan）以前稱為「蛤仔難三十六社」，但事實上其聚落的數量超過六七十個社以上。我覺得殊不論村落有多少個，在整個東部宜蘭海地區，和台灣中部的Camacht王國一樣，都是一個聚落繁榮、物產富饒、資源充沛、人民生活安定的海上王國。

我在尋找蘭陽平原的古文化歷史期間，意外得知，最先居住在宜蘭的原住民並不是噶瑪蘭族（Kbalan），而是另一個族群Pusoram人。這個Pusoram人來自海上，他們在海神的庇佑下尋找樂土，建立海上王國。後來，這族Pusoram人駕船，追逐大海翻騰攪擁的浪花來到了宜蘭海一帶的沙洲。與其他族群的祖先傳說類似地，這族Pusoram人也曾經在海神與天神的預告言下，發生了許多

劫難。所幸，在天神與海神保護中和山神引導下，他們平安渡過了劫難，成功建立起一個屬於自己的家園。他們所歷經的劫難，包括來自於大山Taroko人和Basay人，還有來自更遠的大海上不知名的族群海盜。

　　究竟天神與海神如何幫助Pusoram人避開這些劫難？他們又如何成功地保護族人、守護家園，留下寶貴命脈，繁衍世世代代子孫，繁榮擴展其王國呢？這也是本書所要闡述與描繪的。

　　《宜蘭海的故事》就是要還原整個Sanasai原住民的傳說，以及先民們遷徙移居在大山與大海之間，如何化解各村落在之間的衝突，尋求彼此和平共存共榮的故事。

張秋鳳

2015年5月

宜蘭海傳說：蘭陽溪的風雲・藏身好過冬

宜蘭海傳說

CONTENTS

前言

　　還記得在《宜蘭海傳說：海上夢幻王國》裡，Lono、Saya、Avango、Zawai等人的故事嗎？

　　經過種種挑戰，建立村莊的Pusoram人，面對異族的入侵與威脅，又該如何面對這新的挑戰呢？

1.異族入侵

　　風浪越來越大了，船隻有些不穩，村民學會了把船隻靠攏，放慢速度，相併前進。只見船隻紛紛從外海回航，轉向沙洲內海避風雨。

　　這個大海灣從先祖發現初始至今一直都是村民的生活重心，經過了數千年後，已有不少村民在此安家落戶。這個村落叫做Kirippoan村，和Binabagaatan村遙遙相望，兩村之間的內海是村民活動的地方。每當太陽從海平面升起，雲時發出的亮麗耀眼的光芒，叫人不敢直視，只能讚嘆。一會兒後，天空的雲彩就忽而紅，忽而白，忽而灰，忽而黃，忽而白，變化無窮，彷彿將山坡上五彩繽紛的花朵灑到天空裡一般。海水也映照著天上雲霞，多姿多采。

　　村民像以往的作息一樣，趁早就乘著舢舨船在內海捕撈，天空亮白，海風清涼，村民們悠閒地追逐著逃跑的魚蝦。海底深處的珊瑚散發出豔麗光彩，常常讓捕魚的人看得分了心，差點忘記捕魚的正業。

　　這樣的太平歲月過久了，村民們甚至忘記了過去先祖們遷徙和定居在這裡的歷史了，甚至以為這世界上只有自己族人所屬的村

落，以及附近大山裡另一族群的村落而已呢。至於，這片大海以外還有些什麼，村民們沒有多想。直到Torogan村民從外海回來的時候看見一艘不一樣的舢舨船在海上漂流，才發現這個地方有異族入侵了。

Avango和Zawai兩個人在村落集會所裡針對Torogan村民的發現，召集Tupayap村和Tuvigan村的巡守隊加強村落和海岸的安全，並且和Vuroan加強南方大海的巡視。

「有看見Pilanu嗎？」Avango問。

「他到Vuroan村去了。」巡守隊員說。

「那Lono呢？」Avango又問。

大夥鴉雀無聲。

「怎麼了？」Avango皺著眉頭問。

「Lono和Papo出海去了。」Zawai囁嚅地答說。

「什麼？你說王子一個人出海？」Avango驚訝地說。

Zawai和巡守隊員沒有說話。

「我要去沙洲。」Avango說完就離開集會所。

風還是很大，吹得颯颯作響。Avango等人沿著山坡路來到沙灘，在風的助勢下，海浪越來越大了。

「這麼大的風浪，怎麼能夠出海？」Avango又急又氣地說。

「已經派人去Kirippoan村尋找王子的下落了。」Zawai低聲說。

Avango逆著強大風勢，低頭沿著沙灘繼續走，最後在Vuroan村不支倒地，被送進了村醫所。

大祭司在祭司府感應到這一陣強風是不祥的風，村落將會帶來巨變，Lono王子在海上會遭到不明人士攻擊。大祭司想天神祈福，讓Lono王子能夠平安歸來。海上風大、浪強，所有鷗鳥都躲起來了，猴子也不見行蹤了。山坡上只有低垂的野草攀著礁岩死命

地抵住風吹，幾隻無名的小蟲在礁岩上逃命似地急速爬過。

2.村落危機

　　風急浪高，航行不易，巡守隊員努力穩住舢舨，不知過了多久才看到了岩石壁。

　　「那裡好像有個石洞。」一名巡守隊員說。

　　Papo望著遠方的大礁岩石壁，確實有一個洞口，只是風浪這麼大要如何靠近呢？而且這個洞口幾乎被石塊所掩蓋，岩壁底下的沙灘也只是海水退潮後的淺水池。Papo把看到的情形告訴了Lono王子。

　　Lono王子判斷海象不佳，吩咐說：「就去那個石洞吧，先躲過這陣風浪再說。」

　　「可是……」Papo猶豫地說。

　　「一定有什麼辦法可以進去石洞的，先將船划靠近山壁吧。」Lono王子說。

　　Lono王子讓巡守隊員將船慢慢靠近山壁，忽然發現船越靠近山壁，風浪變小了，原來山壁有擋風的作用。

　　Lono王子看見一處堆滿石塊的淺灘，指揮道：「就這裡。」

　　船慢慢靠近淺灘，雨勢仍未稍歇。

　　「把船繫好，大家先進去岩洞休息一下。」Lono王子說著，自己仍站在船上望著海象。

　　「王子，雨越下越大了，你還是和大家一起進岩洞避雨吧。」Papo催促著說。

　　Lono王子點點頭轉身下船，抖著身上的雨水和隨行的人一起進入岩洞。當他們走進岩洞的時候竟然發現洞裡已經有另一群人

了，雙方非常驚訝地互相對望，雙方人馬持刀的持刀，彎弓的彎弓，一時劍拔弩張。Lono王子見狀趕快制止自己的人，要他們放下手中的刀，從容地看著對方，主動擺出和平的手勢。

Lono王子攤開雙手，淡定地說：「外面風浪很大，我們是進來避雨的。」

岩洞裡的人看著Lono王子，不發一語。Lono王子要隨行的人先靠著山壁坐下休息，Papo和巡守隊員於是放下武器和竹簍及木箱，Papo在岩洞內找到碎木條準備起火取暖。由於木條全濕了，難以生火，Lono王子一次又一次地在岩石上摩擦木條取火。岩洞裡的人見狀就把一支火把遞過來給Lono王子，Lono王子對他微笑點頭感謝之後接過火把，Lono王子把火把在木條裡點燃，巡守隊員和Papo開始放置其他較乾燥的木板，火堆就這樣搭起來了。就這樣烤火休息了一會兒之後，大夥的肚子突然發出怪響，飢腸轆轆。

「不是有魚嗎？可以烤幾條來吃。」Lono王子吩咐說。

Papo從木箱裡拿出在海上捕獲的魚在火堆裡烤了起來，又說：「王子，你把濕衣服換下，我幫你烘乾。」

「不需要，這樣在火堆旁烘著，衣服都乾了。」Lono王子笑著說。

當他們正在享受著魚的美味的時候，幾乎忘記了在海上漂流的辛苦。正在大快朵頤的時候，Lono王子突然察覺到岩洞裡的這一群人在盯著他們看，知道他們也餓了，於是立刻起身將一條串在木板上的烤好的魚遞給他們。剛開始，因為仍互有猜忌，所以對方不敢貿然接受。但經過Lono王子幾次友好殷勤地表示之後，對方終於接受了善意，也開心地吃起魚來了。

「你們怎麼會來在這岩洞裡呢？」Lono王子看著這一群人問道。

對方說自己是從大山那邊過來，並且說曾經和Tamayan村民在

村外的河谷做過交易,這是先祖以來就有的交易活動。今天是因為不巧遇到大風大浪,把他們的船隻都沖毀了,只好進山洞避難。

Lono王子看著他們試探性地問說:「你們是Basay人嗎?」

對方點點頭,Lono王子一聽露出了高興的笑容,心想:「原來是老朋友啊。」實際上,從先祖時代開始,Basay人和Taroko人一直都是Pusoram人的好朋友,也一直友好地共同守護著這片山和海的夢幻生活圈,這個山海王國共存了幾千年。Lono王子於是坦承地表明了自己的身份,這群Basay人非常驚訝,想不到Tamayan村的村落王子竟然會和他們相遇。Lono王子說自己是因為村民報告說,他們發現了陌生的船隻在大海上航行,於是前來了解一下底細。

想不到談到這裡,這群Basay人卻忽然沉默不語了,Lono王子也覺得這表情不尋常。在Lono王子的追問下,這群Basay人才把自己村落的事全都說了出來。Lono王子聽完了之後感到非常不可思議,原來在這座大山過去還有一個大湖和大河流,大湖一帶的村落和Pusoram人一樣享受著海神的庇護。可是,前一陣子,卻有從大海遠方而來的陌生船隻開始和村民做交易,聽說他們來自許多不同島嶼,這些不同族群的人為了爭奪利益竟然在海上相互廝殺,Basay村民也因此看見原本美麗的大海染上一片血紅,大海不再是個可以自由放心討生活的區域了。

Lono王子了解此一狀況之後,更加堅信他們的山海王國正面臨著艱鉅考驗。因為,一旦被這些具侵略性的族群所發現,他們的村落王國恐怕會遭受攻擊而破滅。為了延續Pusoram人的生存命脈,為了讓家園繼續保有現有的富庶和繁榮,村民們就必須預做準備,武裝起來才行。Lono王子和Basay人交談告一段落之後,就走回到Papo身旁坐下。Lono王子一直沉默著,沒有說話。

「王子,怎麼了?」Papo輕聲問。

「你聽見他們說的嗎？大山那裡有了變化。」Lono王子說。

Papo沒有回答，倒是有一名巡守隊員說：「也難怪，我在巡視村落的時候，就聽Tamayan村的巡守隊說，在村外有很多和村民交易的大山的族人一直都不肯回到大山去，甘願在Tamayan村和Baagu村外住下來，繼續和村民一起生活。」

「你說的都是真的？」Papo一臉詫異說。

「是啊，連Taroko人也在Binabagaatan村外的地方住下來，這個Avango和Zawai都知道。」巡守隊員點頭答說。

「為什麼沒有告訴Lono王子？」Papo怪罪說。

「大家都說他們有沒有危害村落，只是一起過生活，所以不用太擔心。」巡守隊員解釋說。

「現在不行了，已經危害村落了。」Lono王子突然提高音量說。

「王子。」Papo嚇了一跳，輕呼一聲說。

「我不是說他們會危害村落，我是說他們的村落被異族破壞了，逃到這裡來，接下來，我們的村落也會遭到破壞。」Lono王子說明道。

就這樣，Lono王子滿含憂鬱的眼神看著岩洞內的Basay人，隨後又將目光轉向洞口外。風浪依然很大，雨勢沒有變小，陽光卻露出臉來了，相信很快就會雨過天青吧。Lono王子一門心思，想著要如何把村落的危機化為轉機，繼續延續村民的生命。

3.雨過天青

強大的暴風雨終於停歇了，一如往常，雨過天青後，村民回到海岸沙灘檢視船隻有否損壞，也趁機撿拾被海水沖上岸的魚蝦。略微破損的舢舨船嘎嘎作響，大人和小孩看見海神為他們帶來了豐盛

的禮物，開心地低頭忙碌著，撿拾著。巡守隊也認真地檢視村落的安全防護措施，但也不忘加入撿拾者行列。沼澤裡仍然是水鳥覓食的地方，許多小蟲子在下雨過後都成了水鳥的食物。

Avango一個人在屋內休息，他醒來的時候，大雨已經停了，巡守隊員告訴他Zawai已經先回村落去了。Avango向來報告的巡守隊員詢問Lono王子的消息，巡守隊員搖搖頭表示不知道。Avango於是離開住所，一個人走到海岸山坡，市集裡依然人來人往，熱鬧滾滾。Avango又從Vuroan村一路走回Tupayap村，沿路上遇見的村民都有說有笑，反映出大家都很滿意現有的生活。Avango在海岸邊的山坡停留一會兒，然後繼續巡視著各個村落。

Avango走到Torobuan村的市集裡時，碰見了Pilanu，Pilanu正從大草原過來。

「Pilanu，去哪兒？」Avango說。

「到河谷那裡看看，這次的暴風雨還好沒有帶來什麼傷害。」Pilanu說。

「辛苦了。」Avango點頭說。

Avango說完看著Pilanu，又張望了一下四周，低聲問道：「你有Lono王子的消息嗎？聽說他和Papo出海去了。」

Pilanu先是頓了一下，然後說：「你怎麼知道Lono王子出海了？」

「難道你知道這件事？」Avango說。

「Lono王子從Torobuan村出發到南方Kirippoan村巡視，也許會在那裡停留。」Pilanu說。

「真的？可是昨天風雨真的很大，會不會發生意外？」Avango擔心地說。

「放心好了，Lono王子帶有天命不會有事的。在這段期間，

好好做我們該做的事就好了。」Pilanu說。

Avango沉思了一下Pilanu的話說：「也對，什麼大風浪沒見過?!」

此時一名巡守隊員來了，Avango問說：「什麼事？」

「是大祭司讓我來通知，他現在正在集會所等你。」巡守隊員說。

Avango望著天空嘆了一口氣說：「Pilanu，你也一起到集會所吧。」

Pilanu於是就和Avango及巡守隊員一起離開海岸山坡，往集會所而去。

這個時候，Avas和Piyan兩個人正在水滋滋的草地裡撿拾野菜，竹簍裡掛滿了一整天的辛苦。Piyan突然一個腳滑絆倒了，不自覺地哎了一聲。

Avas轉頭看著她，關心地問：「沒事吧？」

「沒事，想不到這路可真折騰人。」Piyan氣惱地說。

「小心點。」Avas說。

一會兒，Avas採夠了野菜，站起來說：「就到這裡好了。」

「要回去了？」Piyan說。

一眼望去，草地各個角落都可見到村裡的女人辛勤地採集著，忙著張羅一家子的食物。不時還可聽見村落裡傳來雞鳴鴨叫，還有一陣一陣的狗吠聲。樹林裡也不安靜，因為獵人們正在和野兔及野豬賽跑呢。陽光照射在沙灘上，也照射在村落裡，這一片大草原正在接受太陽的洗禮，反射出亮閃閃的光芒。山坡草原上，綠草如茵，還點綴著繽紛艷麗的小花小朵。

大祭司在集會所裡沉思著，Zawai滿肚子的疑惑想問，卻不敢打擾大祭司。

　　Zawai呆望著大祭司良久，實在忍不住了，於是開口問道：「大祭司，你是不是感應到什麼？」

　　大祭司看著Zawai沉吟了好一會兒，才深吸一口氣說：「Lono王子還沒有回來嗎？」

　　「發生什麼事？Lono王子出了什麼事？」Zawai搖搖頭有點發急地問。

　　「這……」大祭司頓了一下。

　　大祭司尚未說下去，卻看見Avango走進了集會所，於是彼此點頭打了一下招呼。

　　Avango問大祭司說：「聽說大祭司找我，有什麼事嗎？」

　　「你現在派人去找Lono王子吧。」大祭司吩咐說。

　　「Lono王子還沒回來？」Avango問。

　　大祭司臉看著屋外，一臉肅穆地說：「Lono王子迷失在Tamayan村的海邊，派人沿著海岸找，應該可以找到。」

　　「Tamayan的海岸邊都是礁岩壁，怎麼找？」Zawai有些猶疑地說。

　　「出海，從Tamayan村海灣順著海岸走。」大祭司指示說。

　　「大祭司……」Zawai話說一半。

　　Avango接著說：「就照大祭司說的，派人弄艘船去Tamayan村的海岸尋找吧。」

　　大祭司似乎感應到什麼卻無法明確地說出來，Avango也知道這一切必須等Lono王子回來才能分曉，於是不再多問。

　　巡守隊接獲命令在Torobuan村待命，準備出海找尋Lono王子。還好，風浪似乎變小了，太陽正無情地照著大海灘。

4.村落將瓦解

　　終於放晴了，海面上無波無浪，平靜得很，在岩洞裡的人都走出來了。Papo和巡守隊正在整理船隻，Lono王子也提起裝備和巡守隊在大石塊旁看著。同在岩洞裡的人Basay人也走出岩洞，在一旁看著他們修船。Basay人的船隻已經被風雨摧毀，必須再造。於是，就地取材，在海岸邊撿拾海上漂來的木塊，合力造好了一艘船，簡單的裝備，用繩索將木條緊緊綁住。Lono王子看著Basay人造船的功力確實不簡單，很快就將船推入海水裡，準備揚著長帆離開。

　　「王子，我們也該回去了。」Papo站在船上揮手告辭說。

　　Lono王子目送著Basay往反方向而去，自己則順著海岸走，一邊思忖著：「究竟這海岸大山的另一邊發生了什麼事呢？」Lono王子滿懷心事觀察著海面和山巒，就在往村落方向的海面上，發現有一艘船正靠過來。

　　「有人來了。」巡守隊員警示說。

　　「看清楚是誰。」Lono王子吩咐說。

　　Papo抬手遮眼，定睛注視。兩艘船越靠越近，看的越來越清楚。

　　「是Pilanu，王子。」Papo說。

　　Lono王子立刻往前看，指示船向Pilanu靠近。

　　兩船靠近時，Pilanu才說：「王子，終於找到你了。昨天一整天狂風暴雨，大家都很擔心你。」

　　「你怎麼會在這裡？我不是叫你守在村落嗎？」Lono王子質疑說。

　　「是大祭司要我找你。」Pilanu解釋說。

「大祭司？」Lono王子驚訝地說。

「是啊，大祭司說往這裡走就可以找到你，我們快回去吧。」Pilanu說。

「大祭司現在在哪裡？」Lono王子問。

「祭司府。」Pilanu說。

Papo加快船速，很快就回到Tamayan村的海灣。舢舨船在Tamayan村短暫停泊，因為Lono王子要去龍王廟和市集巡視一番。Lono王子發現，在Tamayan村真的有很多來自Basay人村落的貨品，甚至有些Basay人早已和村民聯姻了。

Lono王子從村民口中得知，在Tamayan村外的河流可以通往大山，站在山巔上可以看見這座大山四面環海，也就是說大山被大海包圍住了。村民還知道Basay人那邊也有大河流和大湖，不過不知道什麼時候開始Basay人的大湖開始住著從遠海而來的人，這些人除了和村民做交易以外還常常在大海上與其他族群的人互相追殺，攻擊海上作業的船隻，許多Basay人船毀人亡。村民為此感到非常恐懼，有不少Basay人已經開始搬遷，也就是遷村，從大湖往大山搬移，有空才去大湖採集生活所需。現在，Basay人仍不時看到陌生船隻在海上爭鬥，這些船隻大大影響村民出海的安全。有些陌生漁船在戰鬥後，船隻被打破了，人就直接逃到Basay村的沙灘避難，甚至進入村落生存下來。

Lono王子聽著村民的述說，立刻指示巡守隊加強Tamayan村的巡邏。Lono王子順著村落山坡路回到市集，再沿著村落向Baagu村走去。

一名巡守隊員來報告說：「大祭司在祭司府等你。」

Lono王子一路來到Tupayap村，然後在集會所巡視一下，正打算繼續往祭司府去時大祭司已經來到集會所外了。

「王子，回來了。」大祭司打招呼說。

Lono王子看見大祭司來了，又折返集會所，諸人一起進入集會所，各自找椅子坐下。

「大祭司有什麼事？」Lono王子開口問道。

「這……」大祭司猶豫了一下，似乎不知從何說起。

「大祭司有什麼事請說，別隱瞞。」Lono王子說。

「我感應到村落將有劫難。」大祭司沉聲說。

Lono王子很訝異地看著大祭司，問說：「大祭司有辦法解決嗎？」

「王子，天神護我民，村落瓦解，是與異族共存，保有我海上子民之血脈不斷。」大祭司一臉肅穆說。

「大祭司的意思是以後沒有村落？」Lono王子驚訝地說。

「很不幸，傳達這不幸的消息。」大祭司點點頭說。

Lono王子不相信所聽見的，心裡納悶著：「天神會滅我子民？海神會滅我子民？」Lono王子靜靜地看著屋外，陽光似乎照得特別酷烈。

5.山洞崩塌

Avango獨自在海岸山坡岩石上坐著，瞭望著大海，沉澱紛亂的思緒。想著村落的建造歷史，從沙洲到山坡不斷遷移，甚至在山壁下的河谷如今也逐漸成為村民生活的重心，為生活所需奔波不停的村民的腳步和鷗鳥覓食的爪印，雜沓並陳地刻印在沙灘上，沼澤地上。自從大祭司發出警訊後，使得Basay人和Taroko人千百年來的和平生活似乎一夕生變，這兩個族群的村民友好往來，和平交易，共存共榮，這樣一個夢幻商圈，竟然很快就要被大海外興起的

異族所攻擊而瓦解了……

Avango一個人在海岸邊坐立不安地想著，最後他做了重要結論：無論發生什麼事，現在最重要的是想辦法協助Lono王子，一起解決村落將面臨的危機。這樣想著，Avango反而定下心來，懷著希望走回家去。

Avango在往村落的路上看見了Abas和Piyan兩個人，打招呼說：「要去哪兒？」

「在市集逛逛，買些藥草。」Abas微笑說。

Avango看看Abas的竹籃，伸手說：「給我，我們一起去吧。」

「你不是要巡視村落？」Abas驚訝地說。

「有巡守隊在。」Avango笑笑說。

Abas和Avango兩個人一起往市集裡去，Piyan有點不高興地說：「就這麼走了，竟然忘了我。」

Piyan獨自生著悶氣地走著，走了一會兒，看見許多村民急急往村落外跑去。Piyan攔住一人打聽，才知道大山壁那裡的山洞竟無預警地崩塌了，還有村民被困在山洞裡面。Piyan決定親自跑去看看狀況如何。她一路上都遇到不少熟人，樹林裡，大山草原上，到處都聚集好多村民。聽說出口在Tupayap村的山洞口封閉了，只有沿著矮木林到Vuroan村的山洞是大開的。洞內黑漆漆的，流水潺潺，巡守隊員拿著火把從Vuroan村進入山洞，其他人則在大草原等待。

正在Sinahan村海岸巡視的Lono王子也收到了巡守隊員的通報，現在他正等待著Saya從矮木林回來。

「怎麼回事？」Saya劈頭就問。

「你聽到什麼？」Lono王子輕聲問。

「我聽到山洞那邊好像出事了。」Saya說。

Lono王子看著她，將她摟在懷裡說：「不管發生什麼事我都會在你身邊。」

Lono王子親吻了一下她的臉頰，Saya嬌羞地甜蜜地笑著。

兩人相依偎了片刻，Saya柔聲說：「可是，你是村落王子，身負村民的安危。」

「我知道。」Lono王子輕聲說。

就在二人還沉浸在甜蜜的美夢裡的時候，Pilanu來了。

「王子。」Pilanu輕喊一聲。

Lono王子放開Saya，問說：「什麼事？」

「山洞真的出事了？」Pilanu問說。

「什麼？」Lono王子愣了一下，然後看著Saya說：「你先回去吧。」

「不，我也要和你一起去。」Saya說。

Lono王子拗不過Saya，只好讓她跟著。於是，Lono王子和Pilanu以及Saya三人一起朝出事的山洞走去。風呼呼地吹響著，矮木林，草原上，村落裡，瀰漫著一股淡淡哀傷的氣氛。

6.山洞怪人

村民聚集在大草原的樹林裡，從山洞口出現了一個身長二十呎高的山洞怪人，面灰黑如石，身強如樹幹，手腳如樹枝般修長，頭上還有會發亮的小石子，幾株細如毛髮的藤絲纏繞著小石子。山洞怪人手抓著幾個滯留在山洞的村民，巡守隊搶救無效，眼睜睜看著村民被山洞怪人放在山洞口外的一處土坡上。Zawai看著山洞怪人把村民像玩具一樣把玩，有點擔心。

這個時候，從山壁降下一道彩色煙霧，有一個女子從雲霧裡出

現。這名女子妖嬈動人，睜著媚眼看著村民，又看著山洞怪人。並且對著山洞怪人下令說：「把他們放了。」

山洞怪人盯著這名奇幻女子吼了一聲，然後將土坡上的村民放在草原上。村民一被釋放立刻疾奔逃命，一個勁兒跑來到林子裡，Zawai怔怔看著，簡直不敢相信。

Zawai看見山洞怪人轉身回到山洞，嘆氣道：「唉，看來山洞不能進去了。」

「就讓巡守隊在這裡留守，不要讓村民進入。」Avango下令說。

「Lono王子來了！」Papo高聲喊道。

Avango看著Lono王子走過來了，打招呼說：「你來了。」

「村民沒傷到吧？」Lono王子關切說。

「人都平安回來了，只是山洞怪人進山洞去了。」Zawai報告說。

「那就在村落發布公告，暫時不要接近山洞。」Lono王子點頭說，又看著Avango，「我們回去吧。」

正當Lono王子和Avango準備要離開，突然有村民大喊：「山洞怪人出來了。」

全部的人都往山洞看去，全部的巡守隊警戒著。

「不要亂動。」Lono王子鎮定地吩咐說。

「這怎麼辦？」Avango焦急地說。

山洞外的奇幻女子突然開口說：「山洞怪人是來找牠的守護者。」

「你是什麼人？」Avango戰戰兢兢地說。

「不是你。」奇幻女子笑笑說。

山洞怪人大踏步從山洞口走向草原，慢慢接近樹林。說也奇怪，這時候Lono王子竟然不知不覺地走向前，不理會大夥的呼

喊。Avango神情緊張地想拉住Lono王子卻被絆倒了，山洞怪人用細長的手臂將Lono王子捲了起來。奇幻女子看到山洞怪人捲起了Lono王子立刻揮出一陣煙，瞬間消失了不見了。Lono王子就這樣在大家的眼前消失了，村民簡直不敢相信。

「這怎麼辦？」Papo高聲說。

眾人議論紛紛，束手無策之際，Avango說：「我們去找大祭司，或許大祭司可以告訴我們這是怎麼一回事。」

村民們都點頭同意，一行人於是沿著樹林山坡路往祭司府走去，一路上七嘴八舌地議論著，不知道大祭司能不能感應出事情的後續發展。

一行人離開大草原後，只剩下Saya還留在林子裡，她一個人往大草原走，想走進山洞。

Pilanu看見了Saya的舉動立刻向前拉住她說：「不可以，你這樣太危險了，回去吧。」

Saya目光呆滯地看著Pilanu說：「你相信嗎，Lono竟然就這樣在我眼前消失，剛才他還說要永遠陪著我，現在呢？他就這樣消失了。」

Saya說著流下淚來，然後突然昏倒了。Pilanu攙扶著她，讓巡守隊員先帶她回去。Pilanu看著偌大草原，一個人影也沒有，只有風吹過的足跡在草原上。

7.大祭司進入山洞

大祭司在祭司府感應到Lono王子的行蹤，於是獨自走來到山洞口。他看著已經封閉了的山洞口，開始喃喃唸著咒語，不料封閉的山洞口竟然自動打開了。大祭司走進山洞巡視一番，感覺山洞和

過去沒有什麼差別。

正當大祭司在山洞口徘徊時，突然有個小祭司走過來說：「大祭司，原來你在這裡？」小祭司說。

「什麼事？」大祭司問說。

「是Avango到祭司府找你，不只Avango一個人，連Zawai和許多村民都來了。」小祭司報告說。

「是為了Lono王子的事來的嗎？」大祭司問。

小祭司驚訝地說：「原來大祭司都知道了。」

「你先回祭司府去，叫其他的祭司們到山洞的另一個出口等我。」大祭司吩咐說。

「大祭司要進去山洞？」小祭司驚奇地說。

大祭司沒有答話，只點點頭看著小祭司，然後就走進山洞。

小祭司不敢怠慢，立刻跑回了祭司府。眾人聽完大祭司說的話都覺得不可思議。祭司府的祭司們別無選擇，只好匆匆趕往Vuroan村外的大草原等待大祭司從山洞裡出來。村民得知大祭司進了山洞都很好奇，交頭接耳地互相打聽：「是不是山洞重新暢通了？洞口被打開，山洞怪人不在山洞裡了？」村民都滿臉狐疑、滿心期待地聚集在各村落集會所，想探聽確切的消息，有的村民甚至直接到大草原探個究竟。

Abas和Piyan兩個人走在市集裡，對於Lono王子和山洞怪人的諸多傳聞，感到很困擾，也不勝唏噓。山洞出口聚集著不少村落裡的男女老幼，樹林裡聚集了祭司府的所有祭司們，大家都為所發生的事情憂心忡忡。

Avango和Papo也在等待大祭司的出現，Papo說：「要是大祭司真的從山洞走出來，那就表示山洞是安全的，和以前一樣，村民可以自由進出山洞了。」

Avango看著大草原，默默無言。大祭司還沒有出現，但祭司們已把所有法起都準備好了。

　　「大祭司什麼時候才會出來？」一名小祭司問。

　　「這個山洞有些距離，大祭司恐怕要好一會兒才會走出來，我先在附近看看，在海岸邊，一等大祭司出來，就叫人通知我。」Avango對Papo說。

　　Papo看著Avango離去，樹林裡幾隻飛鳥突然驚起，飛過樹梢，村民們轉頭愣愣地注視著。

8.山老翁

　　奇幻女人和山洞怪人把Lono王子放在一個空地上，奇幻女人凝視著昏睡的Lono王子片刻之後，笑笑地離開。Lono王子醒來，困惑地看著四周，看見兩個高大的石柱門樓，門關著，四周有許多人形草和人形樹站著。Lono王子注視著大門，門忽然開了，一個像石頭怪人的人出現。

　　「主人等你很久了。」

　　石頭怪人說完就轉身進去了，Lono王子也走進大門。這座看起來像宮殿的屋子，沒有宮殿的豪華，卻有著宮殿的氣派。Lono王子走進宮殿正門，大廳裡正坐著一個白髮老人，面帶和祥的笑容看著Lono王子。這老人身邊站著一個女子，這女子就是帶Lono王子來到這裡的人。

　　「你……」Lono王子語塞地看著這名女子。

　　老人瞧了一眼這名女子，這名女子立刻離開了大廳，Lono王子看著老人的舉動，心裡感到十分納悶。

　　「年輕人，坐下來說話。」老人指著旁邊的位置說。

「這裡是什麼地方？」Lono王子問。

「這裡是山神住的地方。」老人答說。

「山神？你是……」Lono王子看著老人說。

「我是山神的使者，山老翁。」山老翁說。

「山老翁？」Lono王子喃喃說著。

「山洞怪人無意間出現在你的村落，我感到很抱歉。」山老翁說。

「你知道山洞怪人會嚇壞我的村民。」Lono王子有些責怪說。

「這也是不得已，我們都是替山神做事的。」山老翁說。

「替山神做事？什麼意思？」Lono王子不解地說。

「村落面前的大山即將有大變動，山神感應到大山的另一邊將會起風暴，有一群人會來到你的村落。」山老翁答說。

「什麼意思？」Lono王子追問說。

「這也是海神傳來的旨意，在海上即將發生風暴，海神要山神好好保護海神的子民。」山老翁閉目沉吟了一會兒說。

「海神說什麼？」Lono王子又問。

「海神要把祂的子民和山神的子民彼此結合成另一族群生存下來。」山老翁說。

「不懂。」Lono王子皺眉說。

「總之，大海有了變化，延續村落的生存比什麼都重要。」山老翁嘆口氣說。

「這我知道。」Lono王子點頭說。

「海上將會有無數的戰鬥。」山老翁警告說。

「這是海神說的？」Lono王子問道。

「總之，大海即將有一場大風暴，這場風暴可能改變村民的生活。」山老翁一臉肅穆地說。

「那我該怎麼做？」Lono王子詢問說。

「變得更具有擴張性和延續性的村落，才能讓村民享有萬世萬代的安定。」山老翁說。

Lono王子還是不甚明白山老翁的意思，但山老翁已經示意旁邊的人形樹和人形草走進大廳，趁著Lono王子想得出神時，便一掌將他揮走，消失不見了，留下一圈圈白色煙霧，繚繞在這似有似無的宮殿中。

9.草叢裡的王子

所有人的目光都集中在山洞口，等待著大祭司的出現。天色漸暗了，大祭司終於出現了。

Zawai走向大祭司，祭司們也齊聲問大祭司：「山洞裡面安全嗎？」

大祭司笑笑說：「山洞一點都沒改變，和以前一樣，大家可以放心地在裡面走動。」

村民一聽放了心，Zawai也露出笑容看著大祭司。

「該回去了。」Zawai對大家說。

Avango去海岸巡視一番之後，在回山洞口的途中看見了大祭司，驚喜地問說：「大祭司，沒事吧？」

「大祭司說山洞很平安，村民還是可以和以前一樣進出山洞。」Zawai搶著回答說。

「是嗎？那太好了。」Avango欣慰地笑笑說。

「啊，難得Avango終於露出笑容了。」大祭司開玩笑說。

Avango被大祭司這麼一說，不禁有些臉紅，靦腆起來。

「不過往後你還有更多要幫助Lono王子的地方喔。」大祭司

正色說。

「什麼？」Avango愣愣地說。

大祭司笑笑地先離開了。Zawai和Avango一行人隨後也跟著離開大草原，回到村落。

在此同時，Pilanu卻在海岸邊聽見村民說有看到一個人躺在矮木林，Pilanu和巡守隊立刻前往查看。一到矮木林，就看見幾個村民正聚集在矮木林的草叢旁。村民小心翼翼地分開草叢，發現草叢裡有了動靜，那躺著的人突然翻了個身。

「Lono王子！」村民驚呼一聲。

Lono王子從草堆裡站了起來，雙手撢撢身上草屑，兩眼茫然地看著村民。

「王子，還好吧？」Pilanu擔心地說。

Lono王子撥了撥頭髮說：「怎麼回事？大夥都在這兒？」

「大夥本來是要回村落的，因為聽說有人看見草叢裡有人，所以就圍過來了。沒想到是王子！」Pilanu又驚又喜地說。

「王子被山洞怪人抓去了，大夥都很擔心。」一名村民說。

「是啊，該回去了，現在沒事了，Saya正在等你回去。」Pilanu笑笑說。

「Saya。」Lono王子喃喃唸著名字。

就這樣，一行人踩著月光回到了村落。Saya見到Lono王子回來高興得快哭出來了，在月光下，Lono王子給Saya一個深深的擁抱，這一擁抱化解了所有的傷心和淚水。

10.海龜島之行

Lono王子沿著海岸沙灘走，靜靜地望著這一片潔白的沙灘。

海風吹來，有時在沙地上形成一小陣龍捲風。村民的手拉車在沙灘上來回不停地穿梭，舢舨船在海面上遠遠近近地搖盪著。天空裡的飛鳥，海上的鯨豚，似有似無地召喚著天神與海神的降臨。從沙灘到矮木林，從溪谷到村落，每個角落都洋溢著生機，布滿了村民勞動的印跡。來自大海外的Basay人也在村落裡交易，來自大山裡的Taroko人也穿梭在沼澤村落。Lono王子深知，如果村落要延續下去，必須各個族群的村民互相融和，村民也必須要有生命共同體的認知。

Pilanu和Papo準備好了船隻，停泊在沙灘海上。

「這次王子又要去哪兒呢？」Pilanu問說。

「不知道，王子沒說。」Papo答道。

Papo二人朝矮木林走去，Papo向Lono王子報告說：「王子，你要的船準備好了。」

Lono王子的目光從海上轉移到Papo身上，點頭說：「辛苦了。」

「這次你要去哪兒？」Pilanu試探地問說。

Lono王子沒有回答，一個人往船上走去，Papo和Pilanu也跟著過去。

此時，剛好有村民駕著船回來說：「在海龜島附近有發現一些不明船隻，這些船隻從很遠的海上順著海流往太陽方向走。」

「那不是Bassy人往來的大海嗎？」Papo質疑說。

「是啊，難道說大海遠方有住人？還是跟我們一樣是一個礁岩沙洲島？」Pilanu皺著眉說。

「我們就去海龜島看看。」Lono王子明快地答說。

Lono王子踏上船，巡守隊勇士也一起跟著。

Lono王子在船上交代說：「Papo，你去找大祭司祭天神；

Pilanu，你回去告訴Saya，太陽下山以前我會回來。」

「王子。」Papo和Pilanu齊呼一聲，似乎也想跟著去。

Lono王子指示巡守隊划船前進，往海龜島去了。

海龜島相傳是海龜將軍的化身，當年先祖立身在此，海龜將軍完成海神的使命之後，就回到大海化身一座礁岩石守在村落外海。幾千年來村民對海龜島視為海上守護神，當村民在大海上遇到海浪衝擊時都能順利到達海龜島避開劫難，平安回到村落。這回Lono王子親上海龜島查證大海異象，Lono王子將會發生什麼不可預知的事呢？

海上船隻來來往往，風吹動著大海，恍如彈奏著巨大樂器，發出高高低低不同的節奏和音響。海面下，各種魚類、海草和珊瑚，色彩豔麗，姿態萬千，叫人嘆為觀止。天空裡，雲朵聚而復散，變化無窮，令人看不勝看。

抵達海龜島之前，一名眼尖的巡守隊員看見遠遠大海上有小小的黑影浮動。這些黑影是村民口中所說的異族船隻嗎？

11.海上不安定，藏身好過冬

Avango在屋裡休息，一個人靜靜地想著事情。不久，Abas從屋外走進來，放下手中的竹籃，正好看見Avango準備好刀箭打算出門。

「現在這時候你又要去哪裡呢？」Abas詢問說。

「出去看看，順便買些工具回來。」Avango答道。

「少騙我，你這身裝備不是去市集的。」Abas質疑說。

Avango笑笑地看著Abas說：「你說過你比Saya幸福多了，不是嗎？至少你還能天天看到我，Saya卻無法天天見到Lono王

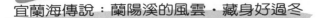

子。」

「是的。」Abas輕聲說。

「相信我，我很快就會回來的。」

Avango說完就離開屋子，在屋外看見一名巡守隊員，打招呼說：「什麼事？」

「大祭司要祭天神，在龍王廟前。」巡守隊員答說。

「怎麼突然要祭天神？」Avango驚訝地說。

「是Lono王子的意思。」巡守隊員解釋說。

「Lono王子回來了？」Avango驚疑地說。

巡守隊員點點頭，Avango露出笑容說：「那Lono王子也會去龍王廟了？」

「沒有，Lono王子出海去了。」巡守隊員搖搖頭說。

「什麼？你不是說Lono王子回來了？怎麼又出海了？」Avango不解地說。

「Lono王子回來幾天之後就出海了，出海前交代Papo要大祭司祭天神。」巡守隊員說明道。

「那有說去哪裡嗎？」Avango又問。

「海龜島。」巡守隊員說。

Abas從屋內走出來，聽見Avango和巡守隊員的話，插嘴說：「那我們一起去龍王廟好了。」

Avango轉頭看著Abas，Abas對他點點頭。於是，Avango和巡守隊員一起離開，Abas隨後也關上門，快步趕上。

在此同時，Zawai和Pilanu也接到大祭司的口信，馬上趕去龍王廟。

在途中，Piyan問Zawai說：「有什麼事讓大祭司突然想祭天？」

當Zawai想回答的時候，Avango和Abas也來到了，經過對談才知道也是要去龍王廟，於是一行四個人往龍王廟方向走去。

大祭司的祭壇已擺設好，村民也陸陸續續來到，在龍王廟前聚集。祭司們將最後祭天的工作擺好，大祭司開始拿起法器，一邊搖著法器，一邊口中喃喃唸著咒語。就在這個時候，半空中降下一道白色閃電劃破海面，海面激起巨大水花分散開來，濺濕了沙灘、海岸，連大祭司自己都嚇了一跳。大祭司閉目感應神啟，結果收到天神的警告，這警告便是：「海上不安定，藏身好過冬。」大祭司放下法器，沉默地思考著這句話的含意。

「大祭司，怎麼樣？」Pilanu詢問說。

「大祭司。」Papo也輕聲喊道。

「你剛剛說Lono王子去了哪裡？」人祭司開口問說。

「海龜島。」Pilanu說。

大祭司又閉目掐指算了一下，面露憂心的表情說：「這是天意。」

「什麼？天意？」Zawai困惑地說。

「一切等Lono王子回來再說。」大祭司靜靜說。

大祭司要祭司們收拾祭壇，準備要回去了。

「大祭司！」村民齊聲嚷著說。

因為已經很久沒祭天神了，大祭司怕村民擠壞了祭壇，就讓小祭司們先收拾祭壇抬回去。

「大祭司要走了？Lono王子呢？」Pilanu抬高聲音說。

大夥看著大祭司靜默無言地離開，心裡忽然湧起一股莫名其妙的不祥之感。

「這怎麼辦？」Zawai焦急地說。

「唉，連大祭司都說不清楚啊。」Papo無奈地說。

「大祭司已經說出來了。」Avango突然說。

Avango說完就注視著茫茫無際的大海。眾人聞言，也紛紛跟著Avango的視線往海邊看去，但什麼也看不明白。只見到層層疊疊的海浪翻動著，美得如夢似幻的海魚游動著。

12.Pilanu準備的木箱

海上天色突然蒙上一層大霧，讓視線朦朧不清，船行方向也難控制。船上巡守隊憑著多年航海經驗在霧中找尋方向，根據天上雲朵和鷗鳥飛行的方向辨別方位。Lono王子看著海面上的異象，心裡想著：「莫不是海神又給我出難題？」

巡守隊員從霧裡隱約見到微微的光線，報告說：「是太陽。」

霧氣太濃太厚，遮掩了前方景物。Lono王子循著光線找尋方向，隱約可見有陌生船隻經過。迷失在海上的Lono王子要巡守隊員放慢船速，好觀察四周的動靜，果然在迷濛霧中看見一艘船經過。從方向來看，這艘船應該是朝Basay人的村落而去，只是途中遇見大霧只好回頭。Lono王子心想：「難道在大海上還有其他的礁岩沙島，而這些人就是從那裡過來的？」正當Lono王子想得出神時，大霧突然散開了，太陽高掛在天空。

「找到了，那裡就是海龜島。」巡守隊員高聲喊說。

「哇，這場大霧把我們漂得好遠呀。」另一名巡守隊員嘆口氣說。

「是啊，想不到大海這麼寬又這麼危險，我們回頭吧。」Lono王子說。

巡守隊員向Lono王子點點頭，加速划著船往海龜島去。Lono王子看著船走過的大海，浪花點點，真是美麗。從這裡到遠方有多

少船隻經過？他們的目的地是哪裡？

　　Lono王子還在思忖著，船已經抵達了海龜島，他回過神來指示說：「找個地方停靠。」

　　巡守隊員順著海龜島繞一圈，好不容易見到一處淺灘，不過礁岩密布，船很難靠近。Lono王子於是親自駕船停靠，在大石上壓住船繩以防海水沖走。

　　「四處找找有沒有可以休息的地方。」Lono王子吩咐說。

　　「王子，我們不趕回村落嗎？」巡守隊員質疑說。

　　Lono王子看著島上綺麗誘人的景色，太陽也漸漸轉向了，於是說：「剛才那場大霧遲了返航的時間，今晚要在這裡過夜。」

　　「那我去拿工具。」巡守隊員答說。

　　「拿工具？」Lono王子不解地說。

　　「是，Pilanu準備的，他說王子出海不可能一天就回來，所以就準備了一些工具。」巡守隊員說。

　　「就是那個箱子？」Lono王子打手勢問。

　　「嗯。」巡守隊員點點頭說。

　　「好吧，你們把它抬過來，我去找看看有沒有理想地點。」Lono王子交代說。

　　Lono王子說完就離開船邊，往島上走去。這裡確實是礁岩密布，矮木樹成林，岩石縫裡小魚蝦亂竄。找了一會兒後，果然看見了一個岩石洞。Lono王子獨自走進岩石洞，洞內陰暗，有點潮濕，或許是靠近海水的關係。

　　巡守隊不久也走進了岩石洞，其中一名說：「這個岩石洞看起來不小。」

　　洞內雖然陰暗，越往裡面走卻覺得熱起來，一點都不潮濕，反而滿乾燥的。找好位置後，巡守隊員就從木箱裡拿出兩張睡覺的草

蓆、麻布，還有火種。

「我去撿一些木條和樹枝。」巡守隊員說完就朝洞外走去。

Lono王子看著木箱裡的東西，笑著說：「Pilanu準備得真周全。」

木箱中還準備了一包薯飯，用木盆裝著，這薯飯的味道和Saya做的很像，Lono王子開始想念Saya起來了。洞外海水拍打著岩石，海風颯颯地吹，鳥獸蟲鳴聲在矮木林裡一陣一陣地響著。

13.海上星光共潮生

Saya在屋外煮著熱騰騰的湯，香味四溢，幾里外的村屋都聞得到。Saya把湯放入鐵鍋中，熱氣蒸騰，把Saya的眼淚都給逼出來了。看著天色漸暗，她心裡很明白Lono今天是回不來了。Saya繼續在一個鍋子上煮著飯，Pilanu和Avas這時剛好走了進來。

「煮什麼？好香。」Avas說。

Saya看著她淡淡一笑，沒有答話。

「我帶了幾條魚，煮個魚湯吧。」Avas熱情地說。

「湯煮好了。」Saya看著鍋子輕聲說。

「我來拿，我們進屋子裡去吃吧。」Pilanu說。

「燙。」Saya提醒說。

Pilanu被燙了一下之後，用布包著鍋子拿進屋裡。

Avas把魚放在鐵盤上烤了起來，一邊說：「我就烤魚好了。」

「看樣子，Lono是不會回來了。」Saya感嘆地說。

Avas看著Saya，一時不知道說什麼話安慰她。

「Pilanu，還是你聰明，叫我準備吃的給Lono。」Saya苦笑著說。

　　Avas和Pilanu二人對望了一眼，靜靜地沒有答話，屋裡屋外一片寂靜。今晚沒有月亮，只有幾盞星光瑩瑩，特別地亮。Pilanu和Avas就是怕Saya擔心，所以才會來陪著她，清除她心裡的掛念。從屋內看著屋外，籠罩在黑暗中的山坡，沙灘，以及村落房舍，在這幾許星光輝耀下仍隱約可見輪廓。

　　同樣的星光，此時也照耀在海龜島上。Lono王子用草藤將魚串好，準備回到岩石洞裡。Lono王子一邊走著，一邊抬頭望著天空，潔亮清淨的星光宛如黑幕中的鑽石。Lono王子不知不覺地嘆了一口氣，思忖著：「海上星光共潮生，天涯伊人安歇否？」

　　Lono王子走到岩石洞門口，看見巡守隊員正在接從岩石縫中流出來的水，問道：「你們在做什麼？」

　　「王子，我們正要煮薯飯和魚湯。」

　　巡守隊員將水拿回洞內，在火堆裡架起了鍋盆。巡守隊員把Lono王子手上的魚接過來，簡單處理之後就放入鍋中蒸煮起來。Lono王子看著巡守隊員熟練的動作，不禁心生讚嘆。

　　「王子，你先休息一會兒，魚湯就快好了。」巡守隊員說。

　　「你們怎麼會知道要做這這些事？」Lono王子坐在草蓆上笑著問。

　　「是Pilanu啊，他都交代好了。」另一名巡守隊員說。

　　Lono王子坐下來，打開身邊的木箱，發現裡面什麼都有，感到非常驚奇。

　　「箱子裡面還有一些薯飯和餅是明天要吃的。」巡守隊員說。

　　「王子一定會去海裡刺魚，所以殺魚的工具也都準備了。」另一個巡守隊員說。

　　Lono王子關上木箱，笑了起來，心想：「唉，原來Pilanu早就知道我不會這麼快回去村落，所以就讓Saya替我準備了一些薯飯帶

著。」

「好了，湯好了。」巡守隊員說。

Lono王子在洞內熱呼呼地吃著，內心裡卻是無比淒涼，有如泡沫波浪撞上岩石上然後消失。Lono王子將火堆裡的火熄了，留下一支火把掛在岩石壁上，兩位巡守隊員也背靠背安靜地歇息了。洞外不知發生了什麼事，夜行的野獸們狂叫著，響聲蓋過了浪濤聲。Lono王子走到洞口張望了一會兒，卻什麼也看不見。Lono王子觀望之後回到洞內，在微亮的火把映照下，Lono王子席地而臥，怔怔望著火光，靜靜聽著水流聲響。在這洞內的夜晚會讓Lono王子有怎麼樣的奇遇呢？Lono王子不知不覺沉沉睡去，甚至想不起來自己身在何處……

14.海龜仙翁的警示

從天空裡飄下一陣白煙，Lono王子被白煙困住了，拚命地在岩洞裡找出口，卻發現石壁幾乎毫無縫隙，非常緊密地連接著。

Lono王子找得筋疲力竭，最後終於癱倒在地上，口中猶自喃喃唸著：「為什麼找不到出口？天神把我困在這裡，不，是海神，海神你快放我出去，我的村落正等著我回去解危，還有我最愛的人在等我。」

Lono王子意志消沉地搥打石壁，忽然間從白煙繚繞的石壁裡跑出一位白髮仙翁。Lono王子看看這個老人片刻，又兩眼無神地看著地上。

「你不問我是誰嗎？」白髮仙翁說。

Lono王子抬頭看著他說：「你從石壁走出來，不是神仙就是妖怪，要問什麼？反正我現在都被困在這裡了，是神仙就會放我一

條命，妖怪就會殺了我，對我也沒差。」

白髮仙翁摸著鬍子笑笑說：「你的祖先曾經和我在這裡打拚過，我從來沒看過你的祖先如此消沉過。你應該效法祖先，打起精神來，為村民尋找幸福，讓村民萬世萬代繁衍才對啊。」

Lono王子看著白髮仙翁說：「你說你跟我的祖先認識，那你是……」

白髮仙翁點點頭說：「海龜將軍正是老朽。」

「海龜將軍？那海龍將軍呢？」Lono王子說。

「老朽經過幾千年的修煉終於得到天神的認可，現在已是海龜仙翁了，我一直都駐守在海龜島看著村落成長。至於海龍將軍，你要回龍王廟去問了。」海龜仙翁說。

Lono王子精神來了，站起來看著海龜仙翁說：「怎麼辦？先祖和大山的村落交易，也和海上船隻交易，據說現在大山有了變動，大海也起了變化，各村落開始慌了，我該怎麼辦？海上不安全了嗎？」

「我就是為這個而現身的。你白天裡看到的船隻是從遠方大海來的，是原本居住在海龜島外一個礁岩島上的人。和這族群的人一樣，以後還會有更多其他族群的船隻經過這裡，進入這片海域，在這片大海發生慘烈戰鬥，大山的村落會受到這些人的襲擊而逃跑到這裡，你要讓他們和村民合而為一，一起保護這裡，保護大海的聖地，保護純潔的海神。」海龜仙翁神色嚴肅地說。

「往下走，在巨大河流旁的草澤平地建立村民的生活圈，讓一部分村落保留，一部分村落和大山及大海的村落共存。」海龜仙翁看著Lono王子繼續說。

「這樣喔。」Lono王子輕聲說。

「去Kidis吧！在Takili河那裡，在那裡你會找到你要的答案。」海龜仙翁指引說。

「Kidis是什麼？Takili河又在什麼地方？」Lono王子滿心困惑說。

海龜仙翁笑笑地搖頭說：「你自己去找吧！」

海龜仙翁說完話一霎時就從白煙裡消失，石壁也再度密合起來。Lono王子趕快用力推著石壁，卻怎麼樣也推不動，只好一臉無奈地望著石壁。

這原來都是一場夢。被嚇著的Lono王子額頭冒汗驚醒過來，坐在草蓆上望著熟睡著的巡守隊員，洞外依然漆黑。

「為什麼我會做這樣的夢？」Lono王子感嘆地說。

海龜仙翁正在洞外的天空上俯視著洞口內的Lono王子，Lono王子卻毫無所知。

15.夢見龍神

大祭司在祭司府一夜未眠，想著昨天祭天神的狀況。「村落要瓦解了嗎？」大祭司想到龍王廟去求問好解開自己心裡的疑惑，卻在村落外看見幾個大山來的村民。這些翻越大山而來的村民，雖然背負著一簍簍的山中物產來做交易，臉上卻掩不住憂傷，令人驚訝納悶。大祭司從村民的口中聽說，大山那邊有大湖也有大河流，不過那邊的大海上好像發現了問題，有很多掛著陌生旗幟的船隻在海上追逐爭鬥，有人跳海，有人死亡，整個海面紅通通的都是血。又聽說有些海戰倖存下者會請求大河和大湖邊的村民允准他們定居下來。「大山那邊的大湖和大河流到底發生了什麼巨變？」

正當大祭司一邊走一邊苦思著的時候，小祭司來報告說：「大祭司，Avango在龍王廟等你。」

「Avango？」大祭司遲疑了一下說。

「是的。」小祭司點點頭看著大祭司。

大祭司加快腳步來到龍王廟，看見祭司們已經把祭天神的法器都擺在桌上了。

「你們這是幹什麼？」大祭司怒斥著說。

祭司們嚇得一時反應不及，Avango剛好從外面走進來，朗聲說道：「大祭司，這是我的意思。」

「你的意思是……？」大祭司不解地看著Avango說。

Papo、Pilanu和Zawai這時也來到了龍王廟，Avango繼續解釋說：「因為昨天夜裡我夢見一隻龍在村落裡環繞，好像是有什麼事要警告村落，我愚昧無法了解，所以才叫祭司們到龍王廟來。那時大祭司正巧不在祭司府，才會讓小祭司去通知你來龍王廟祭天神，問問天神的旨意。」

「夢見龍出現在村落？」Papo驚疑說。

「以過去來說，這是村落共主誕生的徵兆。如今村落共主是Lono王子啊，難道天神要任命第二位村落共主嗎？」Zawai質疑說。

「不可能，龍的出現也有好事發生的意思。」Pilanu否決說。

「別再猜了，請大祭司明示吧！」Avango看著大祭司說。

眾人也看著大祭司，希望得知真相。大祭司拿起法器在龍王廟外發出咒語，突然天空裡降下一道彩色閃光，大祭司感覺頭暈快要昏倒了，祭司們趕快向前攙扶。

大祭司揮揮手說：「沒事。」

「大祭司。」Zawai輕聲說。

「我只有感應到Lono王子正在返航，其他的就不知道了。」大祭司說。

「什麼？」Papo驚疑說。

「Lono王子正在海上。」大祭司強調說。

「派人去接Lono王子回來。」Avango吩咐說。

「我去。」Pilanu自告奮勇說。

大祭司結束了祭神儀式，卻留給Zawai和Avango一團解不開的迷霧。

Pilanu操控著舢舨船一會兒，然後交給巡守隊接手，順著風浪走就可以到海龜島，Pilanu放心地巡視著四周海象的變化。

Saya從船艙裡走出來看著大海說：「很久沒在海上生活了。」

「風大，還是進船艙吧！」Pilanu勸說道。

「沒關係的。」Saya笑著說。

「出這一趟門不知能不能找到Lono王子，你要是發生危險，我怎麼交代？」Pilanu憂慮地說。

「放心，我的心告訴我會見到Lono的。」Saya語氣堅決地說。

Saya把雙手放在胸前閉目聆聽著，大海的聲音彷彿傳達著Lono王子的心跳聲。

這海水順著水流流向海龜島，海龜島上的Lono王子和巡守隊順著岩石走，來到海岸礁岩山坡。這一條山坡路充滿著大海的味道，陡峭的岩壁盤踞在海上，狹小的沙灘被岩石包覆著。Lono王子站在島上最高點望著四周海面，無數船隻正揚著帆，快速划動船槳，急急向西方大海駛去。原來這裡是東方大海和西方大海的交會點，海龜仙翁很久以前就一直守在這裡保護著村落，保護村落的夢幻大海。

正當Lono王子看著海水呆想著時，巡守隊員輕喚了他一聲：「王子。」

「什麼事？」Lono王子驚醒過來說。

「我們該回去了，要是風浪發生巨變恐怕回不了村落。」巡守隊員說。

「嗯。」Lono王子輕哼一聲。

Lono王子離開山坡路來到舢舨船停駐的地方，Lono王子坐在船上休息，巡守隊將船划出海龜島的頃刻間看見了另一艘船靠近中，兩艘船在海龜島的近海中相遇。

Pilanu首先看見了Lono王子的舢舨船，馬上開心地朝船上的人揮揮手。

巡守隊員也認出來了，馬上回頭對Lono王子說：「王子，Pilanu來了。」

「什麼？」Lono王子驚呼一聲就走出船艙。

Pilanu一看見Lono王子就露出了燦爛的笑容，Lono王子立刻讓巡守隊員回到海龜島岸邊，兩艘船同時向海龜島靠近。

「Pilanu，你怎麼來了？」Lono王子詫異地說。

「不是我一個人來，Saya也來了。」Pilanu笑笑說。

Lono王子深感震驚，將要出言責備時，Pilanu趕快溜進船艙。一會兒，Saya就和Pilanu一起走出船艙了。Saya看見Lono王子時馬上喜笑顏開，Lono王子也立刻走到船上來到Saya的身邊。

「你怎麼一個人冒險過來呢？」Lono王子說。

「我要是不過來你又不知道消失到哪裡去了！」Saya嗔怪說。

Lono王子趕快張開雙臂將Saya擁進懷裡，阻止她再說賭氣的話。巡守隊員早已將兩艘船結合在一起，Saya和Lono王子兩個人就在Pilanu的陪同下離開海龜島，回到了村落。

16.傳聞越來越可怕

大海閃亮地發著光芒，在太陽的照射下顯得更亮麗，天空的湛藍襯映著大海的深藍和大地的草綠，在花花世界的大海中有著多樣

的夢幻色彩吸引著村民，這色彩就像天空的雲朵幻化出來的顏色一樣，在海底礁岩下展露出幾許誘人的魅力。Lono王子擁著Saya看著這一片變化無窮的大海，山坡上不同層次的綠襯托著大海，大海襯托著天空，天空籠罩著村落，村落庇護著村民，村民豐富了生活。

　　舢舨船在海上來來往往地穿梭著，分分秒秒都在為生命的豐美而忙碌著。Lono王子想著海龜仙翁的話：「村落可以瓦解，村民的生命要延續。」但到底要如何延續村民的生命和保護這純潔的海神聖地呢？Lono王子一時之間找不到答案。

　　海上的舢舨船互相靠近集結，做著交易的村民正你一言我一語地議論著，討論的話題集中在近來發生的諸多奇怪又可怕的事件。有人說，礁岩海岸最近常見有陌生船隻停泊，Basay人的村民也發現外海不時有陌生船隻慘烈對打。有人說，現在和村民交易的船隻做完生意就急急地從海上離開，大河流也被不明船隻入侵影響村民的生活作息，甚至從Tamayan村到Binabagaatan村都可以聽到這些人喧鬧的聲音。總之，無論是Basay人還是Taroko人，都謠傳著這些可怕信息，眾人都發現了大山的另一邊大河流的海上有了變化，許多不屬於村民的船隻正在海上漂流著等待機會靠岸，掠食，打劫，大大擾亂了村民的生活。

　　Avango站在沙灘上看著集結的船隻，心裡除了憂心還是憂心。正當Avango一個人呆望著海面時，Abas走過來，和他並肩佇立著，追尋著他的視線。

　　「想什麼？」Abas輕聲問道。

　　Avango沒有回答。這個時候海上回來一艘超大船隻，仔細一看，是Lono王子回來了。Avango立刻朝船停泊處走去，正好看見Lono王子跳下船。

　　「辛苦了，你終於回來了。」Avango開心地說。

Lono王子看著Avango也笑笑說：「你也辛苦，我不在村落的時候，你更勞心了。」

Avango和Lono王子邊走邊說著，Abas和Saya兩個人相視而笑地離開了海岸，這一天所有的怪事都在村落發生了。

17.山河變色

Api和Avas在市集裡逛著，兩個人手提著竹籃聽著村民說著許多村落外的事情。村落的孩子們活力充沛，好奇心又重，不斷地在村落外的山路上奔跑著。

有人說，如今山裡的河流已經變了色，走了樣，不少Basay人跋山涉水，甚至划船，來到Tamayan村和Torobuan村定居。雖然這些村落之間從先祖開始就有了交易，只是居住下來還是第一次。連Taroko人也順河而下來到Binabagaatan村安家落戶，Taroko人說大山那裡的人受到了侵襲才會來到這裡避難。

奇怪，Taroko人的遭遇，怎麼跟Basay人說的一模一樣呢？

「聽說Lono王子又把自己關在屋裡了。」村民甲說。

「是啊，自從海龜島回來以後就沒有在村落巡視了。」村民乙說。

「Lono王子只去過龍王廟。」村民丙說。

「Papo和Pilanu兩個人也不知道在忙什麼，聽說到南方大海去了。」村民丁說。

總之，村民你一言我一語地說著，擾亂了Api和Avas的心緒。尤其，當聽到村民說到Papo和Pilanu到南方大海時，才想起今早Papo和Pilanu對自己說的話：「到海上村落巡視而已。」海上村落指的就是Kirippoan村。Api和Avas想著今晚Papo和Pilanu會不會趕

回來，兩個人再也無心在市集裡逛了，拖著腳步快速地回到住所。

才回到家，一名巡守隊員就來了，Api看著巡守隊員說：「什麼事？」

「Abas和Piyan在集會所等你們。」巡守隊員說。

「有說什麼事嗎？」Avas問。

「不清楚。快去吧，我要去巡視村落了。」巡守隊員說完就離開了。

Api和Avas兩個人互看一眼，就往集會所走去。

18.為耆老們祈福

「什麼？準備食物？」Api詫異地說。

「是啊，是Saya的意思。」Abas點頭說。

「能告訴我們原因嗎？」Avas質疑說。

「原因是為了村落最年長的老人祝福，村落已經很久沒有在一起同歡了。」Piyan說。

「是啊，是為了讓村落的耆老們重新感受年輕時候的歡樂氣氛，回憶他們年輕的歲月，同時也讓孩子們懂得敬老尊賢。」Abas正色說。

「說了那麼多，我還是不太懂。」Api皺著眉頭說。

「其實也沒那麼複雜啦。」Saya突然出現在集會所門口笑著說。

「Saya。」Abas打招呼說。

Saya進了集會所，看著Abas和Piyan兩個人說：「謝謝你們。」

Abas和Piyan只有笑笑地看著她，沒有答話。

Saya又轉身對著Api和Avas說：「其實要大家準備食物的主

要原因，是因為最近海上傳來許多不安全的事情，相信大家都知道。」所有人都點點頭，Saya看著大家繼續說：「Lono王子希望再一次凝聚村落的向心力保護村落，再說我們也很久沒有歌唱作樂了，村落裡的耆老們默默地守著先祖的承諾一直駐守在這裡，我們應該感謝他們，所以想辦一個村落聚會，大夥在一起吃喝聊天。」

「原來是這樣。」Avas鬆口氣說。

「為了村落和諧才這麼做。」Abas補充說。

「同時也會請大祭司為耆老們祈福，祈求長壽和健康。」Saya說。

「那這樣的話，我們不應該拒絕，而且還需要呼籲更多村民一起來參加。」Piyan說。

「嗯。」眾人都點點頭齊聲說。

Saya看著大夥，露出了淺淺的笑容。

Lono王子一個人站在屋外，望著來來回回忙碌的村民，看著山坡草原、沙灘、矮木林，在這裡有很多村民的回憶和自己的記憶。突然間，幾隻飛鳥從樹梢上飛過，振掉了幾根羽毛，羽毛隨風飄落下來，Lono王子看著遠飛而去的鳥群不禁嘆了一口氣。

「嘆什麼氣？」Saya出現在他身邊說。

Lono王子轉頭看了Saya一眼說：「你去跟Abas她們都說好了？」

「是啊，相信要大夥準備一頓豐盛的菜餚應該不難。你真的打算要為耆老們祈福嗎？」Saya說完看著Lono又看看沙灘和大海。

Lono王子看著大海說：「這場祈福宴攸關村落的生存。」

「你通知大祭司了嗎？」Saya提醒說。

「嗯，我也通知了Avango和Zawai。」Lono王子說完之後就靜靜地看著大海，沉默許久沒有說話。

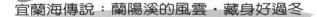

Saya靠近了Lono王子，擁抱住他，Lono王子也伸出雙手回抱著她。

「保護村落也是為了保護你。」Lono王子深情地說。

「我知道。」Saya輕聲說。

落葉從樹枝上飄下來，躺在草地裡，又被風吹落到沙灘上，飄落在大海上，無聲地沉浸在沼澤裡。

「你打算什麼時候舉行？」Saya靠著Lono王子的胸膛說。

「等Papo和Pilanu回來就舉行。」Lono王子說。

一陣強風吹來，Saya有點顫抖，Lono王子護著她的身子回到屋裡去了。

19.Avango救溺

海岸山坡上，孩童們跑跑跳跳，滿心期待地想著有好吃的食物。村落裡裡外外為了祈福宴忙碌著，每個人的臉上洋溢著陽光般的笑容。山坡草原映照著神奇夢幻的色彩，是夕陽西下照射在海面上的迷人色彩。海面上，舢舨船不斷來回奔波，打撈著漁獲。樹林裡，手持弓箭的村民正在設陷阱捕捉獵物。草澤上，可以採集到吃不完的野菜。總之，為了這一場盛宴，村民同心協力忙碌著，暫時忘記了煩惱。

Zawai一個人在龍王廟眺望著大海，巡守隊在各村落間來回巡視著。Zawai看見有村民的船因為船繩斷了而漂流在海上，大夥急忙搭船將斷繩的船拉回岸邊。

「有新的繩子嗎？」村民問說。

Zawai將斷裂的繩子打結重新繫好船隻說：「暫時沒問題，不過得再找一條新的麻繩才夠牢。」Zawai說。

「我知道，我會很快找一條新的繩子，謝謝你。」船的主人說。

Zawai離開海岸邊，繼續沿著沙灘海岸走。沙灘的小毛蟹、長尾蟲、怪裡怪氣不知名的小花蟲全都爬上了岸，碎沙滿布的土地有著濃濃的海水味。

這時候Avango駕著舢舨船過來，笑著招手說：「怎麼樣？很久沒出海了，去走走吧。」

Zawai看著他，笑笑地跳進Avango的船上。

「放心，在太陽消失以前我們會回來的。」Avango說。

船隨著沙灘、隨著海浪漂流，Avango的船不時和村民的船交會而過，更加體會到村民們的辛勞和忙碌。大海的美，有一半得自於海面下的繽紛世界。大海裡的飛魚在水藻間穿梭，在礁石縫隙間稍歇；天空裡的飛鳥在白雲間穿梭，在枝椏上棲息。大海的美，天空的美，一樣夢幻多變。

Avango的船來到Sinahan村的外海，看見在大河口附近活動的村民，Kirippoan村的沙洲和Binabagaatan村的草澤沙灘遙遙相望，前者不時可以聆聽海鳥的鳴叫，後者經常能看見矮木林裡的野鹿的奔跑。

「我們就去沙灘休息一下吧。」Zawai提議說。

「好吧。」Avango看著四周說。

這個時候有一村民因腳步沒站穩而掉下船，在水裡掙扎著。

Avango看見了便對Zawai說：「你來划船。」

「咦？」Zawai遲疑地說，他還沒發現發生了什麼事呢。

Avango深吸一口氣就跳入海中游向落水的村民，岸上的村民很快拋出繩索將兩人拉了起來。

Zawai將船靠近另一艘船，問說：「沒事吧？」

Avango仔細檢查那位村民，看看沒有大礙，就踏上Zawai的

船，繼續往沙灘去。不久，他們就發現Papo和Pilanu的船正從巨大河流那裡駛過來。

「那不是Papo嗎？」Zawai張望著說。

「是，他們這會兒又去哪裡呢？」Avango喃喃地說。

「看來又是Lono王子讓他們出去的。」Zawai說。

「我們過去看看。」Avango提議說。

「現在？」Zawai遲疑地說。

Avango想將船掉頭，卻看見Papo和Pilanu的船已經越來越靠近了，Avango向他們招手，彼此都看見對方了。兩艘船就在Kirippoan村的沙灘外海交會，讓想去草澤的Avango和Papo及Pilanu來個不期而遇。

Avango看著Papo不發一語，，片刻才慢慢說道：「我四處看看之後再回村落。」

「不會村落又發生大事了吧？」Papo說。

Zawai就把即將舉行的祈福宴告訴Papo他們。

「祈福宴？」Pilanu滿臉驚訝地說。

「怪不得整個村落高興得不得了。」Papo恍然大悟說。

「是嘛，村民都表現得很快樂。」Avango點頭笑著說。

「很久沒看見村落這麼熱鬧過。」Pilanu也欣慰地說。

四個人簡單地交談之後，各自駕著船離開了。海底暗流潛伏著一股詭譎不安，人心深處也隱藏著若干擔憂。

20.先祖寶箱

祭司府裡，大祭司和Lono王子沉默相望，片刻後，大祭司轉頭看著祭司們示意他們離開祭司府。

　　大祭司關上門後說：「Lono王子有什麼事嗎？」

　　「我想來問大祭司是不是有先祖在Takili河流的資料。」Lono王子說。

　　大祭司乍聽有點震驚，這件事已經有數千年不曾被提過，大祭司慌亂中說：「王子，你怎麼知道？」

　　「大祭司快告訴我有關Takili河的事，這攸關著村落的存亡。」Lono王子打斷大祭司的話說。

　　「唉，Takili河是不知道，但是Kidis這地方倒是傳聞很多。」大祭司嘆了一口氣說。

　　「Kidis？」Lono王子輕聲說。

　　Lono王子看見大祭司抬出一個寶箱，從裡面拿出一個竹簡和一張獸皮。

　　大祭司對Lono王子說：「當年祭司府的老祭司們傳給我一句話說，在這個銅盒裡面放了很重要的東西，這些東西不要公開，只有等待有人來索取的時候才能打開。唉，我想現在是時候到了。」

　　「時候到了？什麼意思？」Lono王子說。

　　「王子就是打開這寶盒的人。上次在龍王廟祭天神時，我就感應到了。」大祭司說著把寶盒遞給了Lono王子。

　　Lono王子看著竹簡和獸皮，驚訝地說：「這個……」

　　大祭司看著Lono王子，Lono王子看著寶盒和大祭司，氣氛突然肅穆起來。

　　「這是先祖早已替村落安排好的路。」大祭司靜靜地說。

　　「什麼是Taroko人在Takili河的大山生活？」Lono王子不解地說。

　　「當年先祖先到達Kidis這個地方，因為和Taroko人不甚熟悉所以沒有進一步發展，後來先祖和Taroko人經過了幾次交戰，最後雙

方終於議定將大山歸予Taroko人，海上歸予Purosam人，在Takili河這裡交易，換取Kidis這地方繼續生存。」大祭司說。

「那要怎麼去Kidis這地方呢？」Lono王子問說。

「順著南方大海沿著峭壁走就可以到了。」大祭司說。

「這也是先祖當年開拓Kirippoan村才發現的。」Lono王子若有所悟地說。

「這件事只傳給大祭司。」大祭司強調說。

「那麼說來先祖早知道Taroko人會傷害村民囉？」Lono王子質疑說。

大祭司搖了搖頭，Lono王子困惑地說：「搖頭是什麼意思？」

「大祭司愚昧不懂先祖之意。」大祭司苦笑著說。

Lono王子看著大祭司，想著海龜仙翁的話，現在他就只差海龍王的話。什麼時候海龍王才會傳話給他呢？

「大祭司，我想夜宿龍王廟，可以安排嗎？」Lono王子突然說。

「王子。」大祭司輕忽道，大受震驚地看著Lono王子。

最後，大祭司找不到理由拒絕Lono王子的請求，只能照辦。Lono王子得到大祭司的首肯之後，低頭沉吟。他一邊看著竹簡和獸皮上的記號，眉頭緊皺，左思右想，想不出個所以然來，臉上也淡淡地漾著一抹愁緒。

21.夜宿龍王廟

龍王廟是先祖祭祀之地，對村民而言也是一個非常神聖的地方。

大祭司在廟內請示過龍王，龍王首肯之後，便對Lono王子說：「龍王答應了。」

「真的？」Lono王子露出笑容說。

為了村落王子的安全，在Lono王子夜宿龍王廟時，除了派巡守隊從旁守護外，另外還加派祭司在龍王廟周遭護法。Lono王子所謂夜宿龍王廟，並非真的住在龍王廟與裡面，而是露宿於廟旁，一處樹木環繞的空地。村民得知此消息之後也紛紛趕來湊熱鬧，大祭司要大家回住所休息，說明Lono王子是有要務在身才這麼做的。

「我們要陪王子。」村民甲說。

「讓我留下來。」村民乙說。

「讓我們都留下來吧。」村民丙說。

面對村民的請求，大祭司很無奈。

「就留下來吧。」Lono王子說。

「咦？王子。」大祭司詫異說。

「希望各位能守秩序不要驚動龍王。」Lono王子正色說。

村民聽著這句話，紛紛表示一定會守秩序。

「那就多派幾個巡守隊員過來吧。」Lono說。

大祭司點點頭表示，龍王廟即將展開一段奇妙的傳聞。

大祭司和Lono王子欲離開之前，一名巡守隊員來報說：「Papo和Pilanu在找王子。」

「他們回來了？在哪兒？」Lono王子說。

「正在回村落。」巡守隊員說。

Lono王子對大祭司說：「一切都讓大祭司勞心了。」

Lono王子說完就離開，大祭司也隨後離開了。Lono王子來到村落市集時，準備回家時在途中遇見了Pilanu和Papo兩個人，Lono王子要他們先回家休息，有什麼事明天再說。Lono王子回到家，就告訴Saya自己今晚要夜宿龍王廟的事情。Saya感到很意外，央求Lono王子讓她陪同，Lono王子拗不過只好答應了。

「其實大祭司都安排好了，不會有問題的。」Lono王子笑笑說。

「我只是擔心你會離開我。」Saya凝視著他說。

Lono王子看著Saya沒有說話，然後將Saya擁在懷裡。

「這就是村落王子的天命，想一生守護心愛的人卻又要擔心村民。」Lono王子說。

「所以我很珍惜和你相處的時間。」Saya幽幽地說。

一陣風從屋外掃過，吹落了一地落葉。屋內相擁的兩人彼此深情凝視，時光停駐著。

22.海龍仙翁示夢

踩著微微的星光和月光，Saya和Lono王子兩個人備妥了寢具來到龍王廟，沒想到村民早已就位了，在廟旁空地搭起竹棚，也為Lono王子鋪好了床。

Lono王子看了很感動，把手裡的麻布放在床上，笑笑說：「今晚大家能夠得到龍王的庇佑睡個好覺。」

Saya也在Lono王子的扶持下躺在鋪好的床上，巡守隊在竹棚外輪番守夜，星光和月光照射在海面上。龍王廟在眾人都安眠之後突然掀起一陣白煙，廟外沙灘大浪揚掀，海龍王站在巨浪頂端。

「仙翁，什麼時候降臨？」海龍王說。

在白煙上的老人看著海龍王說：「切勿叨擾。」

海龍王明白老人的意思，隨即潛入海中，巨浪也消失在海面上。老人即是海龍王的先祖，因駐守有功升格為仙翁，稱為海龍仙翁。

海龍仙翁揮手杖點醒Lono王子，Lono王子看著海龍仙翁，驚呼道：「你是……？」

「跟我來。」海龍仙翁一說完，Lono王子已經置身海龍仙翁身邊。

看見Lono王子猶自茫然困惑，海龍仙翁開口說道：「我是海龍仙翁，你看看這座大山底下。」

海龍仙翁將手杖在Lono王子的面前揮了揮，Lono王子瞬間就被海龍仙翁帶到雲霧之中，居高臨下地望著。

「那是我的村落，這裡……」Lono王子望向大山另一邊的沙灘說。

「那些村落也和你的村落一樣有海神保護得以生存千年，過著仙境般的生活。」海龍仙翁說。

「為什麼給我看這些？」Lono王子瞪視著說。

「大海即將發生變化，海神傳來警告，這一片沙灘將受到殘害。你看，那邊有許多船隻在海上漂流著。」海龍仙翁說。

Lono王子在海龍仙翁所示的意象中看見了村民，看見了船隻，這些船隻來來回回地航行著，有些被風浪掀翻而沉入海中，有些拚命划向海岸卻觸礁了。

「海神是說這些船隻對我們發動攻擊嗎？」Lono王子問。

「這些從遠方過來的船隻總有一天會到達這裡的大海，發現這裡的沙灘，村落將被瓦解，村民將走向滅亡。」海龍仙翁說。

「滅我村民？」Lono王子驚呼說。

「所以你必須把村落隱藏好，還要接受來自這邊沙灘上的村民，讓他們和你們村落一起居住。」海龍仙翁說。

「那他們搭船過來嗎？」Lono王子又問。

「有的同Basay人在海上來，有的同Taroko人從大山沿著河流過來。」海龍仙翁說。

「我的村民要去哪裡？」Lono王子詢問說。

「Takili河。」海龍仙翁說。

「Takili河在那裡？」Lono王子問。

「你會找到的。」海龍仙翁笑著說。

Lono王子看看大海，又看看從山上流下來的河水，自言自語地說：「那一條是Takili河？」

海龍仙翁笑笑看著他，揮揮手杖說：「去吧。」

Lono王子和海龍仙翁從雲霧中消失了。海龍王在沙灘上等待已久。

「仙翁，該回去了？」海龍王恭敬地說。

海龍仙翁對海龍王安詳一笑，一起消失了。

Lono王子被驚醒，端坐在床上，看著熟睡的村民，Saya在他身邊，抱著一顆不安的心望著黑幕，夜的天空被星光照得特別亮。

23.準備祈福宴

一大早，海岸山坡的坡頂天際處朝陽初升，乍然閃耀著光輝，草原上灌木叢猶如披上了彩衣，葉片上的露珠在朝陽的照射下更加晶瑩剔透，還不時閃現著彩虹一般的七彩光芒，與天空裡繽紛多彩的早霞互相映襯，大地美得令人讚嘆。露宿的村民們也陸續醒來，質樸的臉上帶著一夜好睡的滿足笑容。輕寒料峭，微風陣陣，龍王廟的沙灘彷彿也剛甦醒過來，小螃蟹們兀自爬來爬去。大祭司已悄悄來到，而且久候多時了。

「王子用過餐了吧？」大祭司詢問一名巡守隊員。

「嗯。」巡守隊員說。

村民收拾用具要回村落住所，Lono王子要大家先在龍王廟前等待，聽候宣布。

「你是不是想到了什麼？」Saya詢問說。

Lono王子沒有答話，轉身走來到龍王廟前，不料大祭司已然在了。

「大祭司也在這裡。」Lono王子點頭招呼，又看著大祭司提醒說：「今晚祈福宴。」

大祭司點點頭說：「我立刻去準備。」

早起的村民們聽見了兩人對話，欣喜地爭相走告，陸續回村落去做準備。Lono王子要如何達到海神的要求來保護村民呢？

Avango在村落裡走著，聽見村民說今晚要祈福宴，他也開始為準備多日的宴會放下了一顆心。

「聽說晚上要祈福宴是嗎？」Zawai走過來說。

「嗯。」Avango點點頭。

Abas和Piyan兩個人在市集裡也聽說了，又碰上了Api和Avas兩個人。

「來採買晚上要用的食物嗎？」Abas打招呼說。

「嗯。」Avas輕聲說。

一行人在市集裡逛著，村民個個笑臉吟吟，臉上閃現著太陽的光芒，老人也樂得眉開眼笑，村落難得如此熱鬧了。

Lono王子離開龍王廟就直接回到村落住所，Papo和Pilanu早已等候多時。

「睡得好吧？」Lono王子劈頭就問。

「嗯。」Papo點頭應了一聲。

Lono王子要他們進屋子說話，招呼著二人坐下後，又問：「我讓你們查的事情如何？」

「都在這兒。誠如王子所說，沼澤地的樹林一帶有一片草原，草原往上走是一座峭壁大山，有很多山坳。」Papo報告說。

「如果要走陸地，必須先穿過巨大河流才能越過山壁。若要走水路，那裡的山壁和Tamayan村沿岸的山壁一樣，只是更陡更峭。」Pilanu接著報告說。

「風浪如何？」Lono王子沉吟一會兒又問。

「沿著山壁走，風浪較小。」Pilanu說。

「所以說走海道或河道都可以到達囉。」Lono王子笑著說。

「咦？」Papo和Pilanu齊聲驚嘆一聲，不甚了解王子的意思。

「辛苦了，今晚祈福宴好好暢飲一下。」Lono王子說完站起來結束了談話。

Lono王子沒有再理會二人，自顧自地陷入了沉思，Papo和Pilanu兩個人對望一眼，默默地走出屋子。Saya在屋外忙碌著，準備晚宴的食物。

24.宣布遷村

在大祭司的祈福儀式中，Lono王子為耆老們一一斟上水酒，也為巡守隊倒滿酒杯，感謝他們對村落的照顧與愛護，今後不管多大困難都要繼續守護村民，一番感性的談話讓村民個個感動流淚。Lono王子回到自己的位置上，Avango、Zawai兩個人舉杯敬邀。

Lono王子拿起酒杯笑著說：「應該是我敬你們才是。」

「客套話別說，今天就喝個痛快。」Avango說。

「是啊，已經很久沒像今天這樣聚在一起了，平常都各忙各的事。」Zawai說。

「是啊，今天先醉的要罰。」Lono王子說。

就這樣，你敬我，我敬你，開懷暢飲著，歌聲響徹雲霄，月亮爬上樹梢。Lono王子等大家都吃喝得差不多的時候，離座走向大

祭司。大祭司會意，轉頭對身邊的祭司們耳語一番，讓他們傳達下去Lono王子有事宣布。不一會兒，村民開始安靜下來。

「大家請注意聽，Lono王子有事宣布。」大祭司雙手高舉說。

村民隨即放下酒杯和手中的食物，坐正了身子。

「很抱歉，打斷大家的興致。這件事情很緊急，攸關村落的存亡。前些日子我在海龜島夢見了海龜仙翁，昨天又在龍王廟夢見了海龍仙翁，兩位仙翁告訴我說海神發出警訊，在大海的遠方將會有入侵者出現，從大山的背面過來，所以我們的村落必須遷移。」Lono王子說。

「要遷去哪兒？」一位耆老問道。

「不知各位耆老有聽過Takili河嗎？我們要去那裡。」Lono王子恭敬地說。

「Takili河？那是先祖的傳說。」耆老歪著頭想了一下說。

「是的，先祖和Taroko人的協定，相信我們也可以做到。」Lono王子點點頭說。

「什麼協定？」有村民問。

「靠海歸我們，靠山歸Taroko人，中間地帶兩方共享共用。」Lono王子解釋說。

「那要怎麼建造新村落呢？」村民又問。

「這工程很浩大。」Zawai搶著答說。

「是大工程，等我詳細計畫好再告訴大夥，到時會請大祭司舉行祈福祭天儀式。」Lono王子慎重地說。

村民開始議論紛紛起來，有的很興奮，有的顯得憂心忡忡。

「各位，現在可以繼續歡唱共飲，明天再說。」Lono王子說。

村民又開始唱歌喝酒，吃著香噴噴的烤肉、烤魚和薯飯，大家心裡暫時把憂慮擱下，有煩惱明天再煩惱吧。Saya看著Lono王子

和Avango開心地暢飲著，心裡卻不免憂慮起來，心想：「過了今晚，Lono又要離開我，不知要離開多久呢？」

Abas看見Saya眉頭微蹙的樣子，溫言勸說道：「幹嘛悶著，我們也喝點酒吧。」

「是啊。」Avas也抱抱Saya的肩膀鼓勵說。

於是，Avas、Piyan和Api三個人也拿起酒杯來，與Saya和Abas碰杯共飲。月光從樹梢灑下斜影，陪襯著星光更顯得明亮了。

25.給Taroko王子的書簡

大海上，捕撈作業的船隻漂泊搖蕩，魚蝦成群成群地游來游去。山坡上，野兔在草叢底下竄著，野鹿在樹林間奔跑著。天地萬物似乎亙古不變。Lono王子駕著舢舨船眺望著眼前沙灘，潮水漲了又退，沖刷著滿布沙灘的足蟹腳印，幾隻來不及逃回沙洞裡的毛蟹，被眼尖的村民快手捏住蟹殼，兀自掙扎著。Lono王子一行人下了船，巡視著。

「這裡就是和Taroko人交易的村落，現在越來越繁榮了。」Papo說。

的確，這裡生機勃勃，草澤地，千百隻野鳥、野鴨爭相覓食；樹林裡，村民們追捕著瘋狂逃竄的野兔和野鹿，猴群兀自優游自在地攀上爬下地玩耍著。

「去找一個Taroko商人給我。」Lono王子突然說。

「王子。」Papo輕喊一聲。

Papo雖然不解Lono王子的用意，仍帶著滿腹狐疑的聽命而去。Lono王子繼續在Binabagaatan村巡視著。「在村民的眼中，自己是個什麼樣的人呢？」Lono王子邊走邊想。

Papo終於找到了Taroko的商人，把他一路帶來與Lono王子相見。

「Lono王子，有什麼事嗎？」Taroko商人客氣地問。

「不用緊張，我是有封書簡要麻煩你交給你們的王子而已。」Lono王子笑笑說。

「你有書信要給我們Taroko王子？」Taroko商人質疑說。

Lono王子轉眼看著Pilanu，Pilanu會意，立刻從背後拿出竹片捲遞給Lono王子。

Lono王子慎重地將竹片捲放在Taroko商人的面前說：「把這交給你們的王子。」

「是，我一定辦到。」Taroko商人點頭恭敬地說。

Taroko商人告辭離開後，Papo就急切地問道：「王子，你這不會跟遷村有關吧？」

「你說得沒錯。」Lono王子說完就走了。

Papo呆愣了一下，Pilanu看著Papo說：「發什麼呆？走啦！回去。」

「你一定知道這是怎麼回事！」Papo瞪視著Pilanu說。

「什麼？不就是遷村。」Pilanu輕描淡寫地回應說。

Papo一路追問，Pilanu一路打馬虎眼，兩人爭執著走到沙灘。他們看見Lono王子早已在船上等待了，也不好繼續爭執下去，於是趕忙上了船。三人趁著夕陽尚未沉落海平面以前駕船離去，海面此時一片金光燦燦，回家的路就在前方。

26.隱姓埋名躲災禍

屋外，風呼呼地吹著；屋內，幾家歡樂幾家愁。今夜，Saya與Lono王子坐在屋內，深情對望著；Abas和Avango坐在客廳裡，

輕聲地促膝談心；Zawai和Piyan這兩個性情直率的人，正為著什麼小事在不傷感情地鬥嘴呢；Papo和Api，Pilanu和Avas，這兩對夫妻，也在自家屋內以他們自己的方式培養著感情。空山靜寂，夜鶯的鳴唱，夜蟲的拍翅嘶鳴，顯得格外悠揚清晰。這些動物能否預先察知危機從何而來？

祭司府裡，大祭司關切著遷村吉凶，靜坐冥思，想在再次感應神明旨意。他心裡仍牽掛著之前感應到的神啟，對於那句：「海上不安定，藏身好過冬。」仍然不得其解。片刻之後，大祭司似乎有所感知，於是迅速出門前往集會所，吩咐巡守隊通知Lono王子自己將去他住所會面商議。結果，大祭司在前往Lono王子家的途中竟遇見了Lono王子，兩人都是一臉詫異表情。

「大祭司，什麼事情這麼匆忙？」Lono王子說。

「王子，進屋說吧。」大祭司說。

兩個人進了屋內，Lono招呼說：「大祭司請坐。」

「王子，剛才我又二度感應到了天神傳來「海上不安定，藏身好過冬」的旨意。」大祭司坐下開口說。

「二度？」Lono王子喃喃地說。

「是。第一次是王子去海龜島，再來是剛才在祭司府。」大祭司解釋說。

「『海上不安定，藏身好過冬。』是這句話嗎？」Lono王子複述說。

「是的。」大祭司說。

Lono王子想了一下，質疑說：「難道要我們隱姓埋名？」

「隱姓埋名？」大祭司不解地說。

「雖沒了姓名，但是村落的血脈還是會延續下去，直到有一天恢復自己的姓名。」Lono王子答說。

「王子。」大祭司輕聲說。

Lono王子轉身看著屋外，眼神堅毅。大祭司默然佇立了一會兒後悄悄離開了，靜謐的氣氛中，Saya走近前去擁著他，靠著他。

27.分派工作

集會所擠滿了人，這次召開村落會議主要是為了遷村之事，Lono王子想到和大祭司在幾天前的對話，不免感到憂心惶恐，不知道村落何時會遭遇侵襲毀滅。

「Avango，遷村的重擔就落在你和Papo的身上了，詳細情形我都寫在這裡，Zawai要負責遷村的準備和村落的安全維護，希望大家能同心合力完成。」Lono王子說。

「你打算怎麼做？」Avango問。

「在Kirippoan村沙洲旁的草澤地區建立新的村屋。」Lono王子說。

「就是樹林旁的沼澤沙灘地嗎？」Zawai詢問說。

「沒錯，就是那裡。所有村屋的材料都由Binabagaatan村運過去，村民在這兩個村落暫時居住，直到新村落完成為止。」Lono王子點頭說。

「巨大河流那裡沙灘、沙洲很多。」Papo想起來說。

「應該是暗沙，村民在那裡捕撈也遇過很多。」Avango說。

「那要Taroko人幫忙嗎？」Zawai問。

「Taroko人要幫我尋找Takili河和Kidis這地方。」Lono王子答說。

「Takili河？那是流傳很久的一條河。」一位耆老說明道。

「這件事我會親自去辦。」Lono王子說。

「這怎麼行？王子離開村落，要怎麼遷村？」村民齊聲提出異議說。

「建村屋沒那麼快，更何況村落人口這麼多，不是建一兩個村落就能完成的，等村落建立好，我也探索Takili河回來了，那個時候就可以請大祭司舉行遷村儀式遷村了。」Lono王子安撫說。

「大家放心，所有的事情Lono王子都安排好了。」大祭司略略提高聲音說。

Lono王子走向Avango搭著他的肩說：「一切就拜託你了。」

Avango看著Lono王子點頭慎重地說：「你放心，你回來的時候一定會看見一個嶄新風貌的村落。」

Lono王子又走向Zawai搭著他的肩說：「拜託你了。」

「王子放心！」Zawai挺起胸膛大聲說。

Lono又看著Papo，還沒開口，Papo連忙說：「一切沒問題的。」

Lono王子環顧眾人片刻，嘆了口氣說：「各位辛苦了。」

「王子辛苦了。」眾人齊聲說。

這個時候Pilanu走進集會所，Papo才發現Pilanu剛才不在這裡。

「什麼事？」Avango問。

「他是來找我報告的。」Lono王子走向前說。

「王子，船已經準備好了。」Pilanu恭敬地說。

「準備船做什麼？」Zawai插嘴說。

「是要你們陪我去看看建造新村屋的地方。」Lono王子說。

「啊，原來是這樣，那現在就出發吧！」Avango開朗地笑著說。

一行人浩浩蕩蕩地離開集會所，前往大海沙洲去。

28.糧食供應商

　　船隊航行在海上非常壯觀，村民放下了手邊的工作，駐足觀望Lono王子一行人的船隻。當船隊來到Binabagaatan村，許多交易商也來到這裡圍觀，Lono王子早已找到了讓建新村屋的村民有糧食供給的商人，商人們既做善事也打響自己在村落的名聲。接著船隊繼續往前航行，船隻直接停留在沙灘上，樹林裡的猴子活蹦亂跳地好奇張望，驚動了沼澤地的水鳥。

　　「我們進去吧。」Lono王子說。

　　「走吧。」Avango說。

　　走過沙灘、草澤、矮木林、草原、樹林，「這一帶靠海草原可以建立新的村屋，沿著海岸礁岩走，沙灘一直往樹林邊這一大塊區域就是建村屋的地方。」Lono王子一邊看著地形一邊說。

　　Avango看看地形又看看Lono王子給的竹簡說：「你的確安排得非常適當。」

　　「這一切都是依照先祖的藍圖而建的，一方面也是怕大海再度掀起巨浪，所以沙洲、沙灘不建村屋，僅往裡面草澤地建村屋。」Lono王子說。

　　當眾人望著這一片綠草大地的時候，Lono王子突然說：「Avango，怎麼樣？」

　　Avango看著Lono王子一眼，很有默契地說：「好啊，也很久沒有在一起打獵了。」

　　「希望我能夠為村民在建新村屋的時候獵到多一些食物。」Lono王子說。

　　於是Avango和Lono王子兩個人揹起箭筒，手持著弓，準備在

這大草原上尋找獵物。

「我們怎麼辦，要去嗎？」Pilanu怔怔望著Lono王子二人離去的背影片刻，轉頭環顧其他夥伴說。

「當然！」Zawai興奮地答說。

「是啊，可以好好展露身手了。」Papo點頭說。

就這樣，一群勇士手持弓箭的身影穿梭在樹林間、大草原上。

29.鹿皮衣

沙灘上，Avango提醒巡守隊要把物資準備齊全，Lono王子這次遠行是為了將來村落的安定，一定要做到盡善盡美，Avango甚至親自上船檢查直到他滿意點頭為止。

有一群村民急急忙忙來到沙灘，Avango等村民走近了了，問他們說：「發生什麼事嗎？」

有個村民發現船還在就對大家說：「Lono王子還沒走。」

村民們都露出了笑容，Avango恍然大悟說：「你們也是來送行的？」

村民都點了點頭。不久，Zawai也來到沙灘，宣佈說：「Lono王子離開後就可以準備建新村屋了。」

「你都準備好了？」Avango驚異地說。

「是。」Zawai點頭說。

Avango看著另外一艘船說：「那些都是要運去建新村屋的。」

Lono王子正好從船那頭走過來，Avango也走過去，兩人在半途碰頭。

「看來都準備好了。」Lono王子欣慰地說。

「是啊，村民都很努力，想趕快建好新村屋。」Zawai笑笑說。

「我離開村落的時候就是建新村屋的時候，一起出發吧！」Lono王子說。

「好吧！」Avango說。

一行人準備上船之際Abas和Piyan也來了，Abas對Lono王子說：「收下這個吧。」

「這是什麼？」Lono王子問。

「前些天王子和Avango在草澤地打獵所獵到的鹿製成的鹿皮衣，這是村裡女人共同縫製的，王子一個人在外總要多帶一件啊。」Abas解釋說。

「是啊，王子要保重身子才能平安回來。」Avango說。

Lono王子接過鹿皮衣，感動地說：「我一定會平安回來和大家一起慶賀新村屋的完成。」

「我們上船吧！」Zawai說。

Abas和Piyan以及剛剛到達的Avas望著船隊離開沙灘，大海上漂流的船隻就像漂泊的勇士。

「咦？怎麼沒看見Api和Saya她們？」Abas滿心狐疑地說。

「Lono王子要遠行很久，Saya一定很難過。」Piyan感傷地說。

Avas看著船隻離去並沒有多說話。

30.愛妻偷偷跟來了

船隊到達Kirippoan村外海沙灘後，Lono王子向Zawai等人揮揮手說：「在這裡分開吧。」

「希望王子早日歸來。」Zawai說。

「Avango，村落就麻煩你了。Papo，Zawai，你們要好好協助Avango完成建村。」Lono王子慎重地說。

「王子放心。」Papo點頭說。

看見Pilanu帶著三名巡守隊員準備往樹林方向去，Papo質疑說：「那是往大山的方向，Pilanu要去哪兒呀？」

「去河流上游找Taroko人幫助尋找Takili河。」Lono王子答說。

「到大山那裡？萬一被Taroko人發現了，不是會有生命危險嗎？」Zawai驚訝地說。

「這你放心，王子早已做好了準備。」Pilanu也笑著說。

「難道說上次找Taroko商人的事……」Papo一臉狐疑地睜大眼睛說。

「什麼Taroko商人？」Zawai愣愣地說，猶在五里霧中，搞不清楚狀況。

「沒什麼。Pilanu你自己要小心，若是遇到了Taroko人就照我說的去做。」Lono王子沉著冷靜地說。

Pilanu慎重地點了點頭，然後和三名巡守隊員先離去。

Lono王子看著Pilanu離去，振奮地說：「我也該上路了。」

「我們也該動工了。」Avango挺起胸膛吸口氣說。

Lono王子的船隻沿著海岸沙灘走向大海，往海岸礁岩山壁而航行，Avango、Papo和Zawai目送著他們的船離開沙灘。

「我們上岸吧！」Avango發話說。

一群人開始忙碌了起來。Pilanu想著Lono王子說：「這是Taroka商人帶回來的訊息，你拿著這個腰牌告訴他們，就會讓你找到Taroko王子，他會允准你在大山自由通行，一旦找到Takili河的上游，就順著河流走下來，找到沙灘，在那裡等我，我會找到你。記住，不要任意離開Takili河。」Pilanu帶著簡單的工具，心想如果找到Takili河就做艘船划回海灘。就在Pilanu陷入沉思中時，眼前的景物不斷變換著，沙洲變河灘，兩邊草澤變峭壁山岩，滾落的大石

頭杵在河流中央。

　　Lono王子讓划船的人沿著海岸走，風浪較小，他想休息一下。

　　「王子，怎麼不進船艙休息？」巡守隊員說。

　　Lono王子審視海面平靜無波，於是點頭輕聲說道：「好吧。」

　　Lono王子走進船艙，看見Api和Saya兩個人正在用草葉包裹著薯飯，大吃一驚說：「你們怎麼會在這裡？Pilanu沒告訴我。」

　　「是我讓Pilanu不要告訴你的。」Saya說。

　　「唉，Saya你……」Lono王子嘆口氣說。

　　Saya要Api把薯飯拿出去分給每一個人，Api走出船艙後，Saya嫣然一笑說：「我知道很危險，可是我還是來了。你忍心丟下我一個人嗎？」

　　「我會回來的啊。」Lono王子語帶責備地說。

　　「不要說了，在船上可不比在陸地上。」Saya柔聲地打斷王子的話說。

　　Saya把一個薯飯拿給Lono王子，撒嬌說：「生氣嗎？先吃飽再說。」

　　Lono王子又愛又氣地笑了。Api含笑看著船上的人吃著熱騰騰的食物，一面欣賞著沿途風景，一邊是茫茫大海，一邊是峭巖絕壁，壯觀極了，天空被太陽染紅的色彩倒映在海面上。

31.乍風乍雨

　　海面上，海水隨風擺盪，波光粼粼。河面上，水流平緩，舢舨船穿梭如織。沼澤沙灘，人跡獸印雜杳，野果野菜隨處可採。海岸山坡，莊稼滿目，活力充沛的孩童們在勤奮勞動的大人身旁鑽來鑽

去。市集裡，人聲鼎沸，交易熱絡。

「看樣子要下雨了。」Zawai抬眼望著天說。

Zawai吩咐船隻趕緊回村落，巡守隊員嘆口氣遺憾地說：「唉，今天不能再運送了。」

「該收的收好，以免損壞。」Zawai提醒說。

風揚海水，浪花拍岸，浪濤力道越來越強大了。Zawai沿著海岸沙灘走著，村民也感覺海上天象不一樣，紛紛取消出海，回到村落。

另一地點，新村屋的地基剛架設好，眼見大雨就要來了，Avango趕緊收拾最後材料。

「放著吧。」Papo勸說。

「沒有關係，他們已經夠累了。」Avango看著巡守隊和村民說。

「那我也來幫你吧。」Papo打起精神說。

Papo和Avango兩個人將建村的工具和材料拿進小木屋放著。

「想不到這時候會下起雨來，建村屋的事又要耽擱下來了。」Papo邊收拾邊說。

「或許這是天神的考驗吧。」Avango苦笑一下，又環顧四周無奈地說，「下雨了就回屋裡休息，等天晴再繼續吧。」

大家似乎做得很忘我，一時之間沒注意雨滴下來了，等到雨點變大才紛紛躲進屋裡避雨。Avango看著屋外雨下得越來越急，心裡想著：「不知Lono王子現在怎麼樣了？」有些擔心起來。

天空裡突然飄來一大團烏雲，海面頓時暗了下來，Lono王子喃喃說道：「好像要下雨了。」

巡守隊員立刻拿起竹笠戴上，穿上草衣，又對Lono王子說：「王子，回船艙避雨吧。」

「順著岩壁走，找找看有沒有岩洞可以避雨的。」Lono王子

下令說。

巡守隊將船划近岸邊航行，雨越下越大了，Lono王子只好走進船艙躲雨。風越吹越急，雨水傾盆而下。船隻能否安然無恙、順利找到停泊之處呢？

海水被風追趕著越推越高，浪濤拍岸，潮水蔓延而過，漸漸逼近村落，成排的舢舨船一隻緊靠著一隻停放在村落邊緣，沙灘被海水來回沖刷著抹得更平坦了。

Abas在屋內嘆著氣，怔怔地坐在屋內望著雨水，心裡記掛著Avango。

Piyan看著呆想著的Abas，勸道：「你已經看很久了，去床上休息一下吧。」

Abas轉頭對Piyan說：「雨下那麼大，你今晚沒辦法回去了。」

「Zawai要我來陪你的，所以今晚我不打算回去。」Piyan笑著說。

「Piyan。」Abas感動地說。

「要是早上你能夠出海去找Avango就可以陪陪他了。」Piyan說。

Abas苦笑了一下，Piyan不解地問：「你笑什麼？」

「其實我比Saya幸運多了，要是她不跟著去，一定又是一個人待在村落。我卻不同，今晚雖沒能和Avango在一起，等明天我還是可以去找他啊。」Abas解釋說。

「你這樣說也對，可是Saya已經陪著Lono王子啦！」Piyan笑笑說。

「唉，在外頭不比在村落裡安穩，海上漂流也夠吃苦的了。」Abas嘆口氣說。

「希望他們能夠平安無事才好。」Piyan緩緩說道。

Abas喝了一口水，靜靜地沒有說話。

樹林裡，風雨交加，人驚獸慌。村落裡忙著疏散村民，深怕大山的大石塊被雨水沖刷崩塌。

Pilanu和巡守隊在Taroko人的村落招待所裡枯坐著，被風雨滯留住了。雖然Pilanu很想完成任務，但是顧及其他人的安全，行程只好暫停。

一見Taroko王子走進來，Pilanu馬上站起來拱手說：「王子，打擾了。」

「外面風雨很大，山上有土石崩落，你們現在出去很危險。等天氣好了，我會派人護送你們到Takili河去。」Taroko王子誠摯地說。

「王子派人護送我們？」Pilanu驚訝地說。

「在這個山上，除了我的村落，還有其他村落，如果不知來意，可能會被殺害。既然你是我的客人，我必須對Lono王子的部屬善盡保護之責。」Taroko解釋王子說。

「王子費心了。」Pilanu有禮地回答。

「好了，那你們就先休息吧。」Taroko王子點點頭客氣地說。

Taroko王子離開招待所後，巡守隊員憂心地說：「Pilanu，王子怎麼辦？現在風雨這麼大，王子在海上會不會遇到什麼危險？」

這也是Pilanu所擔心的，他沉吟了片刻說：「放心，王子負有天命，海神會保佑王子的。」

Pilanu和巡守隊員在屋內安靜休息，等候天晴。說是這樣，在Pilanu的心裡卻是潮水澎湃，牽掛著Lono王子的安全。「這次出海多了Saya和Api兩個人，王子一邊探索巡視，一邊還必須注意她們的安全……」Pilanu想著想著，不知不覺疲倦得打起盹來。

32.海神指引泊船棲身之處

風浪拍打著峭壁,將船隻往外反推了出去,船一時有些不穩。

「我出去看一下。」Lono王子對Saya說完就走出了船艙。

Api扶持著Saya,關切地說:「你還好吧?」

「外面風雨好像變大了。」Saya眉頭微皺說。

「是啊,王子大概要找地方靠岸。」Api刻意語調輕快開朗地說。

海岸都是陡巖峭壁,想找地方靠岸有點難。突然間,有個巡守隊員想穩住被強風吹歪了的桅杆的時候跌倒了,Lono王子隨即大步流星地走向前扶起他,關切地說:「沒事吧?」檢視後發現巡守隊員腳皮被磨破出血了,「你先進船艙休息吧。」

受傷的巡守隊員站起來說:「王子,我沒事,要趕緊穩住船才行。」

Lono王子看著風勢,態度從容地說:「收起桅杆,降低船帆。」

巡守隊員隨即收起桅杆,降下船帆。不久,風勢漸小,只是船依然強烈擺盪著,還不太平穩,Lono王子要巡守隊員趕快進船艙去療傷。

Saya看見巡守隊員一跛一跛地走進船艙,立刻招呼說:「你受傷了?快坐下。Api,快拿藥箱。」

Saya替受傷的巡守隊員擦了藥,簡單包紮之後說:「你就在這休息吧。」

「王子還在外面。」巡守隊員囁嚅地說。

「你是在擔心王子?這就不用了,王子一定會很快找到靠岸的

地方的。」Saya滿懷信心地說。

果然，不一會兒一位巡守隊員發現遠處有個暗沙。

「王子，那邊好像有淺灘。」巡守隊員興奮地喊道。

「會不會是暗礁啊？」另一位巡守隊員提醒說。

「我們把船划過去看看。」Lono王子沉吟片刻說。

「是沙灘，小沙灘。」巡守隊員一邊急速地划船過去，一邊觀察著說。

「沿著海岸進入那個沙灘的內海吧。」Lono王子點頭吩咐說。

海神果然讓Lono王子找到棲身靠岸的地方，真是謝天謝地。

「終於可以鬆口氣了。」Lomo王子欣慰地說。

「是啊，想不到出了村落就遇到這麼大的風浪。」巡守隊員感嘆地說。

「船身有一些小破洞，修理一下就好了。」另一名巡守隊員檢查船身後報告說。

「是嗎？」Lono王子朝船員所指方向看去。

「現在雨還在下，沒辦法修船。」巡守隊員無奈地說。

「收拾一下，把船固定好，先進船艙休息吧。今晚就在這裡過夜，等風雨過了再說。」Lono王子安慰說。

巡守隊員和Lono王子一走進船艙，Saya立刻迎上去詢問說：「船停在哪裡？」

「確實地點不太清楚，不過我們正在一處小沙灘附近。」Lono王子答說。

Lono王子坐下後，轉頭看著受傷的巡守隊員，關切問道：「傷勢如何？」

「已經不疼了。」受傷的巡守隊員說。

Api拿出箱子裡的食物分給大家充充飢，Lono王子問：「有水

嗎？」

「有。」Api答說。

「有空的桶子嗎？拿到船上去接一桶水來用吧。」Lono王子
吩咐說。

「我早已經在接雨水了。」巡守隊員說。

「咦？」Api驚訝地輕叫一聲。

「這是Pilanu交代的。」巡守隊員解釋說。

Lono笑了，Saya也笑了。船艙裡的人鋪上草蓆，蓋上麻布
被，準備就寢。巡守隊員三個人靠在一邊，Api一邊，Saya在Api旁
邊，Saya靠著Lono王子，Lono王子睜著雙眼擁著她。

「你還不睡，是睡不著嗎？」Saya悄聲問道。

「有一點。」Lono王子輕聲答說。

Saya靠著Lono王子靜靜地沒有說話，船隻在沙灘上隨著風雨
搖晃著。

33.獲贈Takili河的地圖

山上的風雨之強勁一點不輸給海面上的風雨，經過暴風雨一夜
摧殘之後，村落對外道路部分中斷，從高高的山壁傾倒下來的石頭
壓垮了一大片樹木，景象叫人怵目驚心。Taroko王子一早就指揮著
村民清理道路，希望至少能清出一條可通行的路來。暴雨之後也無
法走河道過到對岸了，現在溪流滾滾，水勢浩大湍急，若是勉強渡
河也會發生危險。

Pilanu等人待在招待所裡乾著急，巡守隊員憂心忡忡地說「怎
麼辦？這樣就沒有辦法去找Takili河了啊。」

Pilanu也急著想趕快離開招待所，於是走出屋外，向看守著的

Taroko人懇求說：「你們帶我去找王子好嗎？」

Taroko人看著Pilanu，嚴肅地說：「就算現在去找王子，你們還是不能離開啊。」

「為什麼？」Pilanu質疑說。

「因為現在路都中斷了，山路上到處都被落石和倒下的樹堵塞了，河水也暴漲漫溢，沒辦法渡河啊。」Taroko人解釋說，「你們還是在這裡待著等王子回來再說吧。」

Pilanu失望無奈地看著Taroko人片刻，不得已，只好走回招待所內。

Pilanu一行人心憂如焚地乾等著Taroko王子的到來，良久，一名巡守隊員忍不住了，喃喃說道：「Pilanu，怎麼辦？」

「什麼？」Pilanu想著心事出了神，一時反應不過來，茫然地說。

「剛才Taroko人說，現在河水暴漲，山壁崩塌……。唉，連大山都變得這麼慘，那王子呢？王子他們在海上一定也遇到了暴風雨，會不會有危險呀？」巡守隊員愁眉苦臉說。

Pilanu愣了一下，嘆口氣，語調平緩地說：「放心，Lono王子不會有事的。等Taroko王子到來，我們就趕緊到Takili河去吧。」

雖然Pilanu表面鎮靜，心裡確實擔心不少。他憂慮王子要是沒有看見他會繼續迷失在海上尋找。

Pilanu正低頭沉思的時候，Taroko王子從外頭走進來了。

「王子。」門口看守的Taroko人站直了身體恭敬地說。

Pilanu一看見Taroko王子也站起來禮貌性行禮，關切地詢問道：「王子，聽說大山損壞得很嚴重，是嗎？」

「是的，大山平日要爬上去就很困難，加上昨夜暴風雨侵襲就更難走了。不過，我會讓我的村民先帶你們到海岸，你可以沿著海

岸尋找你要去的地方。」Taroko王子態度沉著冷靜地說。

「那也是一條河嗎？」Pilanu追問說。

「在這一片大山沖刷下來的河谷很多，也匯集了不少大河流，當然這些河流最終都是流到大海去的。昨晚我也看了先祖留下來的資料，過去確實有一群人來到Takili河的沙洲停留，不過先祖並未傷害他們，只是把他們趕走。先祖還說，這一群人很和善，來自大海，和你們很相像。」Taroko王子落落大方地說。

「原來Taroko王子的先祖也沒有忘記這一段奇遇。」Pilanu點點頭笑著說。

「先祖在巨大河流那裡和你們做交易買賣也提到過Takili河，當時就曾立下盟約，海岸屬於你們，樹林河谷屬於我們，雙方在樹林草原設交易所。」Taroko王子補充說。

「原來是這樣。」Pilanu若有所悟地說。

「我的人會帶你們去河流，請把這個鹿皮交給你們王子，這是我畫的Takili河的地圖。」Taroko王子說。

Pilanu接過鹿皮書簡放在身上，慎重地說：「放心，我一定會交給Lono王子的。」

「送他們離開。」Taroko王子轉身對看守的Taroko人說。

Pilanu就在Taroko人的護送下繼續尋找Takili河。

34.這裡是Takili河嗎？

下雨過後的沙灘總是會有一些不速之客，Saya和Api兩個人在沙灘上挖寶，希望能夠有一頓豐盛的美食。沙灘另一頭，巡守隊員正忙碌地想辦法修理好船隻。

「這裡是一個不小的海灣耶，你看，山坡，海岸礁岩，沼澤沙

灘，從這裡走進去一定是一條河。」Api望著四周的景色說。

「是河嗎？」Saya循著Api的手指的方向看去，好奇地說。

Saya轉身望著沙灘外的碧波浩渺的大海，看了一會兒，又回頭放眼巡視著林木茂盛的海岸山坡片刻，回眸望著Api婉然一笑說：「昨晚我們在這沙灘擱淺了。」

「是啊。」Lono王子不知何時也來到沙灘，突然冒出這句話，嚇了Saya和Api兩人一跳。

「你不多休息一會？」Saya柔聲說。

「你們都在忙了，我還能休息？」Lono王子開朗地笑著說。

「這裡四周放眼盡是沙灘，往裡面走確實有河口，而且這裡是兩條河的匯流處。」巡守隊員說。

「這裡是Takili河嗎？Kidis就是這地方嗎？」Api質疑說。

Lono王子被Api的話點醒了，一邊回想著大祭司給他的地圖內容，一邊觀察著周遭地形。海岸峭壁，河谷，海岸礁岩沙灘……。

「不，這裡不是Takili河，不過這是一個開端。」Lono王子沉吟片刻說。

「什麼？」Api茫然地說。

「是我們要尋找Takili河的一個開端。」Lono王子解釋說。

「先吃點食物吧。」Saya招呼大家說。

Lono王子看著正在沙灘上煮著稀飯的Saya，笑著說：「是，吃飽才有力氣。」

眾人一邊用餐一邊欣賞著四周景物。飛鳥不斷從空中飛過，盤旋在海岸的樹林裡。山坡上半人高的野草隨風搖曳著，這裡那裡，到處綻放著五彩繽紛的碎花朵朵。海面上，陽光為海水灑上了亮粉，光芒四射。

「這裡的海灘和村落相比簡直不相上下。」Saya讚嘆說。

「你是說景色嗎？」Lono王子環顧四周說。

「我相信村民會喜歡這裡的。」Saya點頭說。

Lono王子看著Saya笑了起來，Saya也露出笑容。

「等一會兒我們就繞著沙灘走一圈吧。」Lono王子凝視著Saya輕聲說。

話說Pilanu和巡守隊穿越一個又一個峽谷和河谷，只覺路似乎沒有盡頭。Pilanu萬萬沒想到大山的河谷這麼複雜，要不是長期住在這裡絕對會迷失。迷失在大山就像迷失在大海一樣，孤立無援，找不到出口。

35.風雨澆不熄的鬥志

一場暴風雨耽擱了進度，Zawai把潮濕的麻繩和木材都放在陽光下曝曬，一邊嘆氣說：「唉，這下又要延後一些時日了。」

「沒有想到雨會下這麼久。」Piyan一邊幫忙曝曬，一邊說。

「Abas呢？」Zawai隨口問道。

「在沙灘那裡。」Piyan努著嘴指著沙灘說。

「去沙灘做什麼？」Zawai循著視線望去問道。

「她說要給建新村屋的村民弄點吃的，要我來問你什麼時候出海？」Piyan答說。

「至少等這些木材乾一點才能送過去啊。」Zawai笑笑說。

Zawai一邊工作一邊看著陸陸續續從自己身旁走過的村民，他們腳步輕鬆，臉無愁容，肩上扛著勞作的工具，彼此有說有笑。Zawai心想：「這場大雨並未澆熄大家對生活的鬥志啊」一時不由得有些感動起來。

「我要去巡視村落。」Zawai結束了手裡的工作後，突然說。

Piyan看著Zawai邁步離開，自己也轉身往市集走去。

　　Avango看著半濕半乾的材料，攤在陽光下曬著，吩咐說：
「先做能做的部分吧。」

　　「這場風雨真夠令人討厭的了，偏偏在這時候來攪局！」Papo
喃喃埋怨道。

　　「不，這場大風雨正在考驗著我們。」Avango淡淡地說。

　　Avango繼續往矮木林和大草原前進，村民早已活動了起來，
穿梭在大海的船隻靠著這裡的沙灘活動著。

　　「已經派人去找Zawai了。」Papo說。

　　「我們必須加快腳步，趁著天氣晴朗，把新村屋架建好。」
Avango說。

　　大祭司在祭司府沒有感應到什麼災殃，心想：「大概事情進行
得很順利吧」大祭司於是漫步走來到市集，觀看天象的時候碰巧遇
到了Zawai。

　　「大祭司。」Zawai打招呼說。

　　「村落還好吧？」大祭司關切說。

　　「幾株樹木折斷了，不過其他沒有什麼損壞。大祭司有什麼事
嗎？」Zawai說。

　　「沒有什麼事。只是新村屋……」大祭司說了一半。

　　「我正在準備要出海到新村屋看看。」Zawai接話說。

　　「好，好，那好。」大祭司放心地點點頭說。

　　「那村落的事就麻煩大祭司了。」Zawai恭敬地說。

　　大祭司點頭笑著。豔陽高照，海灘上的沙粒反射著日光，閃閃
發亮，海水也熠熠生輝，每個村民的臉上都洋溢著幸福的笑容。

36.小木屋柱子上的刻字

Pilanu和巡守隊來到河谷交叉口，站在河岸山坡上向下望，發現是兩條溪流匯集而成的河流。

「這裡是Takili河嗎？」Pilanu問道。

「不清楚，不過這條河往下走就是大海，在這邊的山坡過去也有一條河，在這個山坡下面有你們說的Kidis這地方。」Taroko人答說。

「這麼說Takili河一定在這附近。」Pilanu沉吟說。

「我只能送你們到這裡，再過去就越界了。大山另外一邊有其他村落，沒有王子的首肯是不能過界的。」Taroko人解釋說。

「還有其他村落？」Pilanu困惑地說。

「詳細情形我們王子都已寫在鹿皮上面了，就等你們王子做決定，順著這條河不要走偏就可以看到大海了。」Taroko人態度平和地說。

「謝謝。」Pilanu躬身一下說。

Pilanu和巡守隊員繼續沿著河流走，河床裡不時可見大石頭橫臥，沙洲遍布，河道蜿蜒，一行人就這樣披荊斬棘地，克服路上種種障礙，埋頭趕路，不知不覺地竟已走了好遠的路，太陽都快下山了。

「啊，看到大海了！」巡守隊員齊聲歡呼說。

Pilanu抬頭一望，加快腳步向前，一個大沙灘，美麗的沙灘，在一片大海中忽隱忽現。

Pilanu站在海岸礁岩上凝視著大海，又回望著剛才走過的河流，振奮地說道：「走，我們過去那裡。」

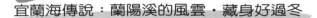

　　看著一望無際的海灘，巡守隊員突然心生猶豫說：「我們要等一下嗎？」

　　「我們要沿著海岸走，王子才會看見我們啊。」Pilanu提高聲音說。

　　可巧，Pilanu才走沒幾步，就隱約聽見人聲，只是距離太遠，聽不清楚。

　　「王子，我看見有人在沙灘上走。」舢舨船上，巡守隊員一邊划船，一邊喊著說。

　　Lono王子仔細往前方看去，興奮地吩咐說：「再划近一點！」

　　巡守隊員雙手更加賣力划著，拚命加速，船越來越靠近海灘。

　　「嘿，是Pilanu他們！」巡守隊高聲喊著說。

　　Lono王子在船上定睛看仔細了立刻喊道：「嘿——！Pilanu！」

　　眾人在船上拚命揮手。Pilanu終於聽見聲音，回頭看見一艘船正向沙灘靠過來。

　　「是Lono王子嗎？」巡守隊員猜測說。

　　「保持警戒。」Pilanu冷靜地說。

　　Pilanu站在沙灘上，摸著腰裡的刀戒備著，看著船慢慢靠近。船上除了Lono王子還有Api和Saya等人，大家都站在船上揮著手，看著Pilanu一行人。

　　「Pilanu，是Lono王子他們。」巡守隊歡欣鼓舞說。

　　「我知道，我知道，這艘船我認得。」Pilanu也高興地笑著點點頭說。

　　現在換成了Pilanu一行人在沙灘上招手。

　　Pilanu引導舢舨船航行到剛才出來的河口附近靠岸，眾人下了

船，Pilanu開心地打招呼說：「王子。」

Lono王子看著Pilanu和巡守隊員粲然一笑說：「辛苦了。」

「這裡也是一條河嗎？」Api問說。

「是，這一帶是很多河流的出海口。王子，大山的溪流更多。」Pilanu說。

「那Takili河肯定就在這附近。」Lono王子點頭說。

「Taroko人告訴我順著這沙灘走，還可以看到一條河，他說Kidis就在那條河的附近。」Pilanu報告說。

Lono王子看著海岸山坡，拍拍雙手振奮地說：「那還等什麼？快上船，往前划行！」

一行人又重新上船，這條船多了四個人，顯然有些擠。

Api和Pilanu這對夫妻乍然相逢不免噓寒問暖了幾句，Pilanu才突然想起Taroko王子的書簡，說：「Api，我還有事要告訴Lono王子，回頭再和你說吧。」

Lono王子和Saya站在船邊看著大海，Saya說：「你的夢想要達成了？」

「是啊，已經達成了。」Lono王子說。

「王子。」Pilanu突然鑽出船艙喊了一句。

Lono王子看著他問道：「什麼事？」

Saya看著Pilanu和Lono王子兩人似有事商談，於是說道：「我去看看Api。」

Saya走入船艙後，Lono王子說：「你有什麼事可以說了。」

「Taroko王子有一份書簡給你。」Pilanu說完從懷裡拿出鹿皮書簡。

Lono王子接過書簡仔細閱讀內容，他的表情時而驚訝，時而歡喜，時而嘆息。書簡之外，Taroko王子還附上一個腰牌。Lono王

子拿著腰牌看了好一會，沉思不語。

「王子，怎麼了？」Pilanu著急地問。

Lono王子收起書簡和腰牌，轉身望著大海說：「沒什麼。」

「看到沙灘了，又被海水淹沒了，又浮起來了。」巡守隊喃喃重複地說著。

「有沙灘，表示河流快到了。」Lono王子說。

海岸山坡景物依然，淺淺的海灘周圍全是海水，沙灘載浮載沉。

「這裡的風景真美，山壁好高，好陡峭。」Saya眼睛看著，嘴裡不斷讚嘆著。

舢舨船停靠在沙灘外的沙洲島上後，Api環顧了一下四周說：「這個沙洲小了很多。」

「把我的弓箭拿來。」Lono王子跳下船後突然對猶在船上的人說。

「王子你要去哪兒？」Pilanu把弓箭遞過去說。

「我要進去河流裡面看看。」Lono王子答說。

「不行哪！」Pilanu喊說。

「Pilanu，你在這裡守著，兩個巡守隊員跟我過來，其他人守在船上。」Lono王子說。

Lono王子帶著兩名巡守隊員往Takili河走去，大大小小的沙灘擠身在兩岸高聳的峭壁之間，河水十分湍急，Lono王子只能在河谷中艱難行走，無法穿越山壁。Lono王子心裡想著：「把村落遷移這裡確實符合大祭司的感應：『海上不安定，藏身好過冬。』難道海神要我們在這峭壁中渡過海上危機嗎？」這裡的確是易守難攻，而且這附近還有別的村落，Taroko王子給了他一些指引，創造和平共處的願景。

「我們回船上吧。」Lono王子淡淡地說。

Lono王子和巡守隊離開河谷，回到沙灘。

Pilanu正站在沙灘沼澤區等待，他一看見Lono王子走回來，立即跑過去報告說：「王子，這河口一邊是山壁，一邊是山坡，沿著山坡看過去都是大海灘。」

「嗯，這表示這裡有很多河流。」Lono王子點點頭說。

「那現在怎麼辦？」Pilanu看著他說。

「我們要盡快在這裡建立村落。」Lono王子明快地答說。

「咦？」Pilanu輕嘆一聲。

「在其他村落發現我們之前，村落一定要先建立起來。」Lono王子強調說。

Lono王子隨即走進船艙拿出工具，Pilanu茫然不解地輕喚著：「王子。」

「你們都快來幫我，把這些拿到沼澤旁，我去山坡上砍下樹木，先搭起一座小木屋。」Lono王子雷厲風行地對巡守隊員說。

在眾人一陣忙碌之後，沙灘的小木屋已然蓋好了，Lono王子在一根木柱上刻上字，這是和Taroko王子協議好的字。

「走吧，我們回村落吧。」Lono王子說著步履輕鬆地朝舢舨船走去。

一行人猶自驚疑地看著沙灘上矗立著的小木屋，這個快速完成的建築物，一切似在夢幻之中。夜幕低垂，舢舨船沿著來時路航行在大海上，返回村落。

傍晚，村民們猶在海上進行捕撈活動，有村民看見Lono王子的船回來了，爭相走告。

「我們去看新村落建得如何吧。」Lono王子說。

「是。」Pilanu應答。

當Lono王子一下船就有好多村民圍過來，Lono王子詢問大家說：「Avango在哪裡？」

「正要去找你呢。」Avango走過來說。

「你怎麼知道我會來？」Lono王子詫異地說。

「你的船還沒靠岸就被村民發現了。」Avango笑笑說。

Lono王子看著這一片荒野草澤，開口問道：「村屋建得如何？」

「再過一些日子就會全部完成了，你要準備祭天神了。」Avango高興地說。

「好，很好。」Lono王子欣慰地點頭說。

Avango陪著Lono王子察看新完成的村屋，Pilanu則去看Papo。

Papo很驚訝地說：「你怎麼會跟Lono王子一起回來？」

「這是王子的巧安排，這次不但順利找到Takili河，而且還多了兩個地方供村民遷村，雖然路有點遠，但是為了村落的生存必須如此。」Pilanu說。

「什麼？」Papo驚訝地說。

「好了，別說了，我要回村裡，你要一起走嗎？」Pilanu沒有多說。

「我要等Avango，我們兩個必須有一個人留在這裡。」Papo憨笑著說。

「也對。」Pilanu搔搔頭說。

Saya和Api兩個人走在沙灘上也沒閒著，一邊走一邊撈了不少水藻給村民當晚餐。

「要回去了，小姐們。」Lono王子招呼說。

「Papo，你也一起回去。」Avango吩咐說。

「我？」Papo遲疑了一下說。

「還有一些後續工作要完成，我必須留在這裡，你先回村落，或許Lono王子還有新的任務要給你。」Avango解釋說。

「說得沒錯，確實是有新任務。」Lono王子點頭說。

Avango看著Lono王子一行人的船隻離開，長嘆一口氣。

「嘆什麼氣？」巡守隊員不解地說。

「這裡的村落會被村民遺忘了。」Avango喪氣地說。

太陽不知何時已從海面上移往大山背後，照得整個山頭通紅起來，有一種火燒村落的感覺。大祭司早早算出Lono王子回來了，就到海岸沙灘等待，Zawai也收到大祭司的訊息，正從村落趕來。

「歡迎Lono王子平安回來。」大祭司點頭敬禮。

「大祭司，一切安好。」Lono王子恭敬地回禮說。

Lono王子轉身對Saya說：「路上辛苦了，你先回去，我有話跟大祭司說。」

Lono王子又轉向Pilanu和Papo說：「你們也都先回去休息。」

Papo和Pilanu讓巡守隊員先回村落休息，然後才並肩離去。

「Pilanu，麻煩你送Saya回去。」Lono王子叫住他說。

Saya凝視著Lono王子片刻之後才靜默無語地邁步離開。

等大家都走了，大祭司才問道：「王子有什麼事要跟我說嗎？」

「是關於遷村的事。」Lono王子答說。

「王子改變了嗎？」大祭司驚訝地說。

「最近大祭司有感應到村落附近的動向嗎？」Lono王子未答先問。

「我聽小祭司說Tamayan村外的外海還是隱隱約約可見些許模糊影像。」大祭司說。

「是船隻嗎？」Lono王子猜測道。

「從海龜島回來的村民說好像是船隻。」大祭司答說。

Lono王子靜靜地沉思著，一邊來回踱著步。

「王子怎麼了？」大祭司疑惑地說。

「我們先回祭司府再商量。」Lono王子想了一下說。

「是。」大祭司點頭說。

Lono王子和大祭司就往祭司府的方向走去了。

Zawai在市集的路上遇見了Lono王子和大祭司，迎上前去打招呼說：「Lono王子和大祭司要去哪？」

「我要去祭司府，最近村落的事真的很感謝你。」Lono王子拍拍Zawai的肩膀說。

「不過村民看見不明船隻好像越來越多了，聽Basay人說從他們的村落看出去的大海有一長排的大船在遊蕩著。」Zawai憂心忡忡地說。

「真的？」Lono王子驚呼一聲。

「起先我不太相信，後來我花了一天一夜爬過Tamayan的大山，站在山頂上看，發現那裡的大海確實多了很多浮影在漂流。」Zawai說。

「你爬上大山，這麼危險的事？」大祭司頗感驚奇地說。

「其實我是和一個Basay商人一起過去的。」Zawai回答說。

「辛苦了。」Lono王子再次拍拍Zawai的肩膀說。

Lono王子和大祭司繼續往祭司府走去，Zawai則返回住所。

37.木盒裡的先祖遺命

祭司府裡，Lono王子和大祭司相對而坐，Lono王子開口問道：「大祭司，在Takiki河是不是曾有祖先去過？」

「王子怎麼會問這個？」大祭司詫異地說。

「這個……這是我在那裡的一處沙灘找到的。」Lono王子拿出一顆石頭，上頭有刀刻的印記，「大祭司，請告訴我吧。」

大祭司沉默了一下，站起來從壁櫃裡拿出一個木盒。

「這是什麼？」Lono王子眼睛盯著木盒，一邊問道。

「這就是王子要的答案。其實，很久以前先祖曾在Takili河和Taroko人打過交道，後來村落才轉移到這裡。先祖一直對往事耿耿於懷，因為那地方的風景實在太漂亮了，陡峭的山壁可以遮風，河床既寬又廣可以滋潤莊稼和草木，先祖一直很想再度回到那裡，因此每年都會派人過去探尋，一直到和Taroko人建立協定，大山與大海的交易完成為止。然而，此後每一年先祖還是照例派人去尋找Takili河，只是一直不知道哪一條才是真正的Takili河。」大祭司娓娓道來。

「是因為那一帶跟村落這裡一樣，長長的海岸有很多河流注入大海，山上也有很多溪谷。」Lono王子猜測說。

「不知道原因，歷代有派船隻前去探尋的村落王子都會做筆記，然後交給大祭司保管，這些都是先祖探尋的過程紀錄。」大祭司指著木盒說。

Lono王子打開木盒，看著一張又一張的鹿皮和竹簡，其中還有Taroko人的腰牌。

「我相信這些王子會用到。」大祭司淡淡地說。

「我需要時間，大祭司可以幫我嗎？」Lono王子懇求說。

「什麼事？」大祭司不解地說。

「在我思考以便確定這些事的一段日子裡，村落的一切請大祭司和Avango一起負責直到新村落完成。」Lono王子解釋說。

「王子要閉關？」大祭司看著Lono王子問說。

Lono王子看著大祭司，沒有答話。

夜已經悄悄爬上山頭，Lono王子離開祭司府，大祭司吩咐小祭司們護送Lono王子回去。

Saya一個人在屋內靜心等待著Lono王子回來，好不容易Lono王子回來了，卻忙著先把手裡的木盒拿進內屋放好才又走出來，看得Saya一頭霧水。

「你等久了。」Lono王子輕聲說。

「吃了沒？菜涼了，我拿到屋外熱熱。」Saya溫婉地柔聲說。

「別忙，」Lono王子關上門說，「從現在開始我要閉戶不出門，仔細思考，想出妥善遷村的好方法。」Lono王子攔住她說。

「跟那個木盒有關？」Saya抬眼凝視著Lono王子問道。

「是，這是先祖沒有完成的使命，我要完成遺命。」Lono王子瞧了Saya一眼，語氣堅定地說。

Saya緊靠著Lono王子沒有說話，片刻後才深吸一口氣，笑著說：「那也得先填飽肚子啊。」

「是。」Lono王子說著也笑了。

Lono王子端起桌上的飯菜看著Saya，靜靜地扒著飯，輕輕地咀嚼著。

38.海中有怪物

村落的日子似乎一如往常，但隱隱約約卻又浮現著什麼巨變徵兆。陽光照射在村落各個角落，空氣裡有曝曬藥草的好聞氣息，但又不時從山頭隨風飄來一陣血腥的味道；海面上也一陣一陣地傳送著一股腐屍味道。這兩股氣息時有時無，大部分的純樸村民都還沒有明確地感受到威脅，也許是氣息藏匿得太好吧，也或許是村民享

受著太平日子太久了，慢慢失去了危機感。

　　Abas和Avas結伴在市集裡走著，兩人臉上都喜孜孜的，綻開的笑容就像綻放的花朵一般。她倆一邊逛大街，卻隱約聽見人們的耳語。

　　「有聽說嗎？Lono王子又在閉戶不出門了。」村民甲說。

　　「據說從Takili河回來見了大祭司以後就沒再出門了。」村民乙說。

　　「只有Saya陪著他。」村民丙說。

　　「Lono王子會不會忘了建村屋的事？」村民丁說。

　　「不要亂說，Lono王一定是為了遷村的事在想辦法，你們難道不曉得遷村是一件很費時費力的事嗎？」Abas衝過人堆去，對這些交頭接耳的人訓斥道。

　　「是啊，村落王子哪有那麼好做的。」Avas也走過來仗義地說。

　　村民瞠目結舌地靜靜看著Abas和Avas一會兒之後，紛紛鳥獸散了。Abas和Avas繼續在市集裡逛著，遇見了Piyan，Abas打招呼說：「你要去哪兒？」

　　「Zawai要出海，我正要拿東西給他。」Piyan神色匆匆地答說。

　　「Zawai要出海？Papo不是在新村屋那裡嗎？」Avas驚訝地說。

　　「好像是吧！是Lono王子有事要找他去做。」Piyan點頭說。

　　Avas轉頭對Abas說：「Papo留在村裡，我要去找他。」

　　Abas目送著Avas離開，Piyan輕輕拍了她一下肩膀問說：「Abas，你有什麼話要Zawai帶去的嗎？」

　　Abas含笑看著Piyan沒說話，Piyan嘆了口氣說：「唉，Avango也真是的，不會回來看看你喔！」Piyan說。

　　「村落的事比較重要嘛。」Abas平靜地說。

　　「說什麼嘛，回來看一下，也不耽擱什麼，再回去不就好

了?!」Piyan打抱不平似地說。

「如果離開的時間剛好村落出了事怎麼辦呢？」Abas開解地說。

Abas慢慢地走著，Piyan也陪著她走，兩個人不知怎地來到了沙灘。

「Zawai還沒離開，過去看看。」Piyan看著海岸邊突然高興起來，說道。

Piyan和Abas來到海岸邊，Zawai正在搬貨上船，Piyan輕聲問說：「這些都是要送去新村屋的嗎？」

「是啊。」Zawai邊搬邊說。

Zawai回頭才看見了Abas，Abas看著他微笑著說：「代我向Avango問好。」

「好，如果村落進行順利，我會留下來，讓Avango回來村落。」Zawai快人快語地說。

Abas和Piyan兩個人相視一下都露出了笑容。

Zawai準備好要上船了，轉身對Abas和Piyan點點頭說：「你們回去了吧，我要出發了。」

這時候巡守隊和Pilanu來到岸邊，Pilanu大聲喊道：「Zawai，等一下。」

Zawai看著走過來的Pilanu，站在船上問說：「什麼事？」

Pilanu瞧了一眼Abas和Avas之後對Zawai慎重地說：「這是Lono王子的書簡，給Avango的，新村屋未用完的材料要保留住，別丟了。」

Pilanu走到船邊，Zawai接過Pilanu手上的書簡，就直接開船出發了。

「Lono王子又要叫Avango做什麼事呢？」Piyan好奇地問說。

「不知道。」Pilanu淡淡地說。

三個人沉默地一起離開了海岸邊。

Zawai的船航行後不久竟在海上觸礁了，船差一點傾覆，所幸很快穩住了，沒有翻過去。

「那是什麼東西？」一名眼睛銳利的巡守隊員大聲喊說。

Zawai定睛注視著海面上，才知道原來船隻不是觸礁而是碰上了怪物了，其他村民的舢舨船早已紛紛繞道而行，前往外海捕撈去了。Zawai也小心翼翼地將船隻轉向，不去打擾怪物。海中的怪物靜靜地躺在海水中一動也不動，不知牠在想什麼呢。

Avango在海岸邊等待Zawai的船隻到來，聽到村民說海上有大怪物出現，Avango非常擔心，想親自出海去。結果，人還沒上船，卻已看見Zawai的船隻過來了。

Avango立刻說：「大家都沒事吧，我聽說有怪物出現。」

Zawai下了船，輕描淡寫地說：「還好，都平安了，你要的都帶來了。」

「謝謝。」Avango說完之後立刻指示將貨物搬下船。

「別忙，Lono王子有書簡給你。」Zawai說著從懷裡拿出書簡。

Avango接過書簡來，低頭輕聲讀著。

「Lono王子說建村的材料沒用完要打包好歸類放著。」Zawai交代說。

「我知道，是為了下一個新村落使用。」Avango點頭微笑說。

「還要再建新村落？」Zawai驚訝地說。

「這次是Takili河。」Avango簡單答說。

「咦？」Zawai輕嘆一句。

「你可以回去了，記得讓大祭司到海岸祭天神看看怪物的事。」Avango定定地看著Zawai說。

「我？我是來換你回去的。」Zawai囁嚅著說。

「我工作還沒完成，暫時不能回去。」Avango正色說。

「你不想Abas嗎？」Zawai質疑說。

Avango停頓一下，淡淡地說：「想，不過她會了解的。」

Zawai看著Avango的背影，感動地說：「那我來幫你。」

兩個人通力合作，很快地就把貨物都整理好了。海中怪物眼伏在水面下，只露出怪眼睜睜地看著四周，村民看見了無不驚嚇得繞道而行。於是，「海中有怪物」一事也迅速傳開了。

39.怪物不會傷人

Papo在沙灘建造船隻，村民回來說有海中怪物出現，又說怪物還讓Zawai的船差點翻了。大祭司也感應到了，於是來在沙灘，面對大海喃喃地唸著咒語。小祭司恭候一旁，靜靜看著大祭司作法，不知何故，大祭司突然暫停了下來。

「大祭司，怎麼樣？」小祭司詢問說。

「感應不到。」大祭司歪著頭沉吟一下說。

「要不要通知Lono王子？」小祭司提議說。

「Lono王子正在為建新村落的事想辦法，此時告訴他必會打擾到他。」大祭司說。

「可是，這怪物……」小祭司欲言又止。

「能不傷人就不會傷人。」大祭司語氣平緩地說。

「你說大祭司去了沙灘？」Papo提高了聲調問道。

「是啊，剛剛巡守隊員傳來的消息。」造船的村民點頭說。

「這船是做什麼用的？」村民又問。

「建村落用的，記得要造三艘。」Papo交代說。

「怪物的事要告訴Lono王子嗎？」村民又問。

「我們做自己的事，有人會去通知Lono王子的。」Papo溫和地答說。

Papo繼續忙著，一會兒後Avas提著點心來，Avas的笑容瞬間化解了Papo心頭的煩惱。Papo讓大夥先吃完點心再繼續工作。

「聽說海上有怪物，是真的嗎？」Papo看著Avas問道。

「嗯，我剛才看見大祭司了。」Avas點點頭說。

「大祭司去哪裡？」Papo詫異地說。

「現在應該回村落了。」Avas想了一下說。

「大祭司回去了，沒說什麼嗎？」Papo好奇地追問。

「沒有。」Avas淡淡地說。

「怪物還在海上嗎？」Papo有些擔心地問。

「怪物不會傷人。」巡守隊員走過來大聲回答說。

「怎麼說？」Papo轉頭看著巡守隊員說。

「大祭司說的，怪物目前不會傷害村民。」巡守隊員語氣肯定地說。

Papo嘆了一氣繼續吃著點心，Avas看著他，深情款款地看著他。

40.Avango被拋向空中

說也奇怪，大祭司在海上唸了一道咒語之後，海中怪物竟然悄悄地潛沉下去了，而且一連兩天都沒再出現。

Avango終於完成新村落的建造，將一切工具和剩餘材料都收拾好了，放在新村屋的小木屋裡。當Avango和村民及巡守隊員準備搭船離開，經過Kirippoan村時，海中怪物又出現了，嚇得原本在海裡打撈的村民趕快上岸迴避，這回不是在內海，而是在外海。Avango要巡守隊員先送村民回去，自己先到海岸看看。

　　當Avango走到海邊巡視時，看見了海中怪物，也看見村民個個逃命奔竄，有的人則站在礁岩上觀望著。

　　村民議論紛紛地說：「這怎麼辦？本來是在海灣內出現，現在卻跑到外海來了，以後大家就被困在海灣這裡了。以後Torogan村和Kirippoan村的村民也不能從這裡出海去了。」

　　Avango注視著海中怪物，看看牠到底想幹些什麼。這時，怪物突然站了起來，用牠長長的手臂把Avango捲了起來，又將Avango拋向空中，怪物就又潛入水裡，唯獨留下觸角在海面上晃盪著。Avango被拋向空中而後跌落到沙灘，Avango痛得昏睡了過去，巡守隊員立刻衝上去將Avango抬回村裡給村醫診治。

　　突如其來的事故讓村落人心惶惶，好像村落真的有大災難將臨。沒多久，這樣的流言，口耳相傳，很快就傳到了村落各個角落，市集裡人人都在談論著。

41.你是我最好的兄弟

　　Saya從市集裡採買後回到住所，Lono王子正在屋內閉目沉思。

　　「今天又去市集了？」Lono王子隨口問道。

　　「嗯，不過回來的時候聽到說Avango已經完成新村落，就快回來村落了。」Saya說。

　　「真的，什麼時候會到Torogan村？」Lono王子又問。

　　「怎麼，你要出關了？」Saya笑笑說。

　　Lono王子想著近日的事情，又問：「不知道Papo船造好了沒有？」

　　「造好了，在市集的時候聽Avas說過。」Saya答說。

　　「那我現在就去沙灘去等，好迎接Avango回來。」

　　Lono王子說完就離開屋子走出門，此時Pilanu和Papo趕來了。

　　「你們都來了，太好了！Papo，我正要找你，船造好了對吧？Saya說Avango要回來了，我正要去迎接他。」Lono高興地說。

　　「王子。」Papo低著頭說。

　　Pilanu和Papo都靜下來了，表情怪怪的。

　　「怎麼了？」Lono王子看著他們不解地說。

　　「Avango他，他不是要回來……」Papo吞吞吐吐地說。

　　「什麼意思？」Lono王子發急說。

　　「剛接到巡守隊報告說，就在Avango要回來的途中，聽到海中有怪物出現了，他就讓村民先回來，自己一個人去海邊。」Pilanu說。

　　「結果，Avango被怪物打傷了，現在在村醫所。」Papo接著說。

　　「你們說什麼？海中怪物？什麼怪物？Avango受傷了？」Lono王子驚訝連連地說。

　　「怪物幾天前就出現了，後來不見了，今天又出現了。」Pilanu囁嚅地說。

　　「你都沒告訴我。」Lono王子臉色一沉說。

　　「王子。」Pilanu低著頭說。

　　「好了，現在先去看Avango的傷勢，在哪一個村醫所？」Lono王子揮揮手說。

　　「Torogan村。」Pilanu輕聲說。

　　Lono王子匆匆忙忙走出去了，Pilanu和Papo看著Saya，Saya看著他們，雙方對看著，都是一臉苦笑和無奈。

　　「這麼大的事，怎麼現在才說？」Saya語帶責備地說。

　　Saya搖了搖頭，又抬了抬下巴示意兩個人快快趕上Lono王子。

　　Lono王子來到村醫所前，村醫所擠滿了村民。村民看見Lono

王子來了，擾攘的聲音頓時安靜下來。

「王子來了。」有個村民說。

大夥默默讓出一條通路，Lono王子才走進村醫所。

Lono王子馬上看見守候著的Abas和Zawai兩人，隨即關心地問道：「怎麼樣了？」

村醫診治完畢，靜靜看著Avango一會兒，Lono王子語氣急切地問：「村醫，Avango，傷得如何？」

村醫看著Lono王子說：「命保住了，已無大礙。」

「謝謝。」Lono王子欣慰地說。

Lono王子看著躺在床上的Avango，握著他的手哽咽地說：「兄弟，你是我最好的兄弟，醒醒啊。」

Abas一聽悄悄別過臉去，不敢讓人看見她心中的憂慮和悲痛。

Lono王子提高聲調對Zawai說：「你們早知道海中怪物的事？為什麼沒有告訴我？」

「我們只是不想增加王子的負擔。」Zawai囁嚅地說。

「你們這樣叫我怎麼辦？」Lono王子氣憤地說。

「我想Avango也會這麼做，王子有王子要做的事啊。」Abas開解說。

Lono王子一個人默默走出村醫所，沒有說話，失神落魄地在門口徘徊。

Zawai也跟著走出村醫所，在門口拉住Lono王子，溫言勸道：「王子，你不能這樣。我相信村落的事比任何事都還要重要，Avango就是如此體會，才會甘冒生命危險這麼做，為的就是盡早完成遷村以保障村民啊。」

Lono王子看著Zawai搖頭不語，Papo和Pilanu這時也來到了村醫所。

「海中怪物在哪裡？」Lono王子劈頭問道。

「Torobuan村和Kirippoan村的外海。」Pilanu答說。

「我要過去看看。」Lono王子說完轉身就離開了。

眾人看著Lono王子離開，Papo碰了一下Pilanu的手臂，瞪著他說：「你幹嘛說出來?!」

「能不說嗎？都知道了。」Pilanu辯解說。

Papo又瞪了Pilanu一眼，Zawai這時開言道：「好了，我們也去看看。Abas，這裡就交給你了。」

「沒問題。」Abas平靜地說。

Saya看著Zawai說：「我也去。」

「不行，你不能去，你要待在這裡。」Pilanu攔住她說。

「是啊，你在這裡，Lono王子才不會分心。」Zawai點頭肯定地說。

結果，Papo、Pilanu和Zawai三個人結伴離開了村醫所。Saya茫然地看著四周，長長地嘆了一口氣。

「你還是留下來吧，Saya。」Abas柔聲說。

Saya凝視著Abas片刻，靜默不言。在此同時，Lono王子正在往Torobuan村的路上，急急趕著路，一顆心怦怦跳著。山上吹過來的風徐徐地拂過草地，青草如浪搖曳著。

42.水晶神

說也奇怪，Lono王子來到沙灘欲往海邊的時候，村民攔住他說：「王子，要去哪裡？」

Zawai看見想制止村民的無禮，卻被Lono王子抬手阻止了。

「聽說海上出現怪物，我要去看看。」Lono王子溫和地答說。

「怪物消失了。」村民說。

「怪物消失了？」Zawai驚訝地說。

「不知道怎麼回事，怪物本來躺在水裡好好的，結果突然站起來，然後從水裡拋出一個箱子，就不見了。」村民繼續說著。

「什麼箱子？箱子在哪裡？」Zawai一連問了兩個問題。

「被巡守隊搬到小木屋去了。」村民答說。

「我們去看看。」Lono王子說完轉身就走。

在小木屋前一名巡守隊員看到Lono王子來了，立刻走進屋裡，報告說：「Lono王子來了。」

屋裡的巡守隊員和村民一陣驚慌，齊聲說道：「怎麼辦？」

「私藏公物就該接受處罰。」Lono王子說。

「王子。」巡守隊員和村民低著頭。

Zawai看著他們，高聲斥責說：「你們膽子也真大，發生這種事也不回報！」

「就是這個箱子。」Lono王子驚喜地說。

「不過箱子怎麼開都開不了。」村民囁嚅地說。

Lono王子摸索著箱子的各個側面，緊密得連開關都找不到。他又四處按壓看看，不知怎地，箱子竟然彈開了，嚇了Lono王子和在場的人一大跳，差點跌翻在地。

「王子沒事吧？」Zawai向前攙扶說。

Lono王子做個手勢，示意大家勿擾。他再度探頭看著箱子內部，發現箱子裡面放著一個水晶。Lono王子拿起水晶，水晶在窗戶射進來的光線照射下閃閃發亮。

「這是什麼？」Papo好奇地瞧著說。

Lono王子將水晶放回箱子，蓋上蓋子，說：「Papo，你先跑去通知大祭司。」

Lono王子說完抱起箱子走出小木屋，眾人看到此景都感到很意外。一行人也一起走往祭司府，沒想到大祭司早已來到沙灘。

「大祭司。」Lono王子放下箱子施禮說。

Lono王子打開箱子，大祭司拿出水晶時也是一臉訝異。看了片刻之後，大祭司開始對著水晶施咒，水晶竟然裂開了，瞬間出現一個妙齡女子。

「你是誰？」大祭司詢問說。

「水晶神奉海神之命來協助王子遷村的。」水晶神說。

「你是水晶神？」大祭司喃喃地說。

水晶神注視著Lono王子，一邊走向他說：「你就是村落王子了？」

「我不是。」Lono王子淡淡地說。

「別騙我，這裡的每一個人都騙不了我，Lono王子。」水晶神瞪視著他說。

「王子。」Zawai輕聲說。

「你是要來協助王子遷村的？」大祭司質疑說。

「是的，村落將被拆散，那時要想辦法留住村民的生命。」水晶神鶯聲燕語地柔聲說。

「怎麼做？」Papo大膽地向前走一步問道。

「王子，一定要在這裡說嗎？」水晶神嫣然一笑說。

「我們回集會所，召開村落會議。」Lono王子點頭從容地說。

「可是王子，Avango還沒醒來。」Pilanu提醒說。

Lono王子這才想起來，於是改變主意說：「大祭司，請安排住所給水晶神住下來吧。」

水晶神笑了，笑得很甜美也很嫵媚，迷倒眾人的眼神。

43.你快救救Avango吧

集會所裡，Lono王子正和Zawai及大祭司等人商量如何安排水晶神的住所，這時一名巡守隊員走進來向大祭司低聲報告。

大祭司對Lono王子說：「王子，水晶神的住所已經安排好了。」

Lono王子沒有說話，沉吟了一會兒後說道：「水晶神這樣的稱呼不太好。」

「是。」大祭司點頭同意說。

「那就直接稱呼我水晶好了。」水晶神笑笑說。

Lono王子和大祭司等人都轉頭怔怔地看著水晶神，最後Lono王子說：「好吧，叫水晶也好。」

「你不在住所待著，跑來這裡做什麼？」Zawai質疑說。

「我是來找王子的。」水晶任性地說。

「找我？」Lono王子疑惑地說。

「你帶我去找被海中怪物打傷的人好嗎？」水晶撒嬌說。

「你想做什麼？」Zawai有點不悅地說。

「Zawai，等等。水晶，你有辦法救他嗎？」Lono王子制止了Zawai的無禮說。

「哈，我是神，有什麼辦不到的?!」水晶哈哈一笑說。

Lono王子沉思了一下，點點頭說：「好吧，讓你去。」

就這樣，水晶和Lono王子一同離開了集會所。

「大祭司……」Zawai說了一半。

「去看看就知道了。」大祭司打斷他的話說。

村醫所裡，Abas坐在床前看著昏睡的Avango，Avas和Piyan兩

個人在一旁枯坐著陪伴。

「我們要回去了。」Piyan突然說。

「好吧。」Abas輕聲說。

「你們要回去了？」Saya詫異地說。

Avas和Piyan點點頭就走了。

Saya拿些食物放在桌上，勸說：「Abas，吃點東西，不然你會累垮的。」

Abas眼神空洞地看著Saya說：「我現在終於明白你擔心Lono王子的心情了，那種生不見生、死不見死的心情。」

「Abas。」Saya輕叫一聲。

「我現在只希望Avango能夠睜開眼睛看我。」Abas幽幽地說。

「會的，Avango一定會醒來的，你們還要一輩子相守著。」Saya柔聲安慰說。

Abas滿含感激的眼神凝視著Saya，想說些什麼話的時候，Lono王子和水晶正巧走進來了，大祭司和Zawai也來了。

「你們怎麼都來了？」Saya站起來驚訝地說。

Lono王子看著Saya，輕聲問道：「Avango還沒醒嗎？」

Saya無奈地搖搖頭，靜默不語。

「水晶，你快救救Avango吧。」Lono王子轉頭著急地說。

水晶向前走去，看著Avango片刻，舉起右手向昏睡的Avango揮去，心裡默唸著：「你已睡夠了，也該醒了。」

「她是誰？」Abas看著Zawai，疑惑地問道。

「她，她叫水晶。」Zawai吞吞吐吐地說。

水晶垂下右手臂，轉頭對Lono王子微笑說：「好了，很快他就會醒來了。」

Lono王子看著水晶又看著Avango，不明所以。大祭司突然若

有所悟，猜想水晶剛剛應該已經施行了一個法術。

「大祭司，你不用猜，猜不著的。」水晶抿嘴一笑說。

「你怎麼知道我在想什麼？」大祭司瞪大眼睛又驚又疑地說。

「你們說的海中怪物其實也是海底的神物之一，牠也是受海神之託來的。」水晶緩緩說道。

「那你……」大祭司驚呼道。

「我的出現，我說過是協助王子來的。」水晶一臉神祕莫測的表情說。

「好了，別再爭了。」Lono王子打手勢說。

此時，Avango終於醒了，Avango睜開眼睛看著Lono王子和在場的每一個人。

「太好了，你醒了。」Lono王子粲然一笑說。

「Lono……，我。」Avango聲音虛弱地說。

「什麼都別說。」Abas立刻來到床前扶著Avango說。

「現在大夥先回去休息，有什麼事情明天再說。」Lono王子發話說。

眾人陸續離開村醫所，Lono王子牽著Saya的手也要離開，水晶突然說：「不送我回去？」

Lono王子瞧了她一眼，又柔情地看著Saya。

「我讓巡守隊員送你回住所吧。」Lono王子說完就和Saya一起走出去了。

水晶一個人在市集裡逛著，突然海中怪物出現了，這個海中怪物已然變成了一個美男子。

「你怎麼來了？」水晶笑著打招呼說。

「我是來提醒你，不要忘記你的任務，完成之後立刻回到海底，千萬別愛上Lono王子。」海中怪物說。

水晶用嘖怪的眼神看著他片刻，然後撇過頭去。海中怪物說完話，立刻消失不見了，水晶也回到住的地方。

44.小船的作用

面對水晶的出現，村裡的女人開始議論紛紛。

有人說：「Lono王子會不會拋棄Saya和水晶在一起？」

也有人說：「水晶長得真的很漂亮，像個仙女。」

有人說：「水晶是一個神，神怎麼可能跟人在一起呢？」

這樣的話題在市集裡傳來傳去，越傳越離奇。

Api和Saya正在市集裡逛著，看見許多人指指點點耳語著，Api氣憤地說：「別聽她們胡說，我相信王子絕不會背叛你的。」

「我知道，水晶是奉海神之命來幫助Lono遷村的。」Saya溫婉地笑笑說。

「聽說已經安排好，準備去Takili河建村落了。」Api透露說。

「是嗎？今天在集會所開的會就是這個嗎？」Saya恍然大悟說。

「嗯。」Api輕聲說。

「快！」Saya拉著Api小步快走著。

等Saya和Api氣喘吁吁地跑來，一行人已經集合在沙灘了。

「Pilanu，這次我沒有辦法去，你跟Papo兩個人負責把這三個地方的村落建立好，所有工具和材料都帶齊了嗎？」Lono王子交代說。

「王子放心，我一定會把村落建立好才回來。」Pilanu挺起胸膛，信心滿滿地說。

「帶著他們去，路線和地點他們都去過了，比較熟悉。」Lono王子對巡守隊員說。

巡守隊員一聽大喜過望，露出了愉快的笑容。

「東西都搬上船了，只剩下新村落那裡的一些建材，你們要記得先在那裡暫時靠岸，把東西搬上船。」Avango叮嚀說。

Pilanu和Papo上了船，Lono王子突然說：「等一下。」

Ｌono王子命人從海岸邊抬過來一艘較小的船，然後說：「Avango，過來幫我把船搬上去。」

「王子。」Papo遲疑了一下說。

「這是應急用的，如果有發現欠什麼或是緊急事故，就用這艘船開回村落。」Lono王子解釋說。

「這個……」Zawai茫然不解說。

「Pilanu知道怎麼做。」Lono王子安慰說。

「我們出發了。」Pilanu說完下令開船。

「真的不讓我去？」水晶發嗔說。

「你要負責遷村的事。」Lono王子態度平和地說。

「什麼？」水晶迷惑地說。

「在Kirippoan村旁新建立的村落還沒有住人，我要你開一條水路讓村民搬遷過去。」Lono王子解釋說。

「開一條水路？」水晶茫然說。

Lono王子仰天長歎了一口氣說：「Zawai，你去詢問大祭司什麼日子適合村民搬遷。」

「那你要去哪裡？」Zawai質疑說。

Lono王子看著Avango說：「我們要去看新村落有沒有遺落什麼沒注意的地方。」

Lono王子說完就踏上停泊在沙灘邊的船，船上巡守隊員早已準備好了，Avango也跟著上船。

「原來你們都說好了！」Zawai有些訕訕然說。

「那我呢？」水晶發嗲說。

「你是神，上船應該也不難啊。」Lono王子無奈地說。

船已經離岸了，水晶只好施點法力將自己送上船和Lono王子一起出海。Lono王子和Avango面對著大海，彼此交換著意見。水晶一直凝神看著Lono王子，若不是人神無法相結合，水晶一定會愛上Lono王子。水晶露出淺淺的笑容看著他們，Lono王子有意無意間也對她微笑著。

45.正式遷村

Lono王子站在樹林邊緣的河岸上，凝視著河流的走勢良久，目光一直停留在新村落左右兩側之間，也就是大山與大海之間。

「你心裡想什麼？」水晶靠近Lono王子身旁問道。

Lono王子看著她不語。兩個人沿著溪流走回村落，沙灘、草澤和矮木林的景象都沒改變。走了一會兒，Lono王子二人在半路上遇見了Avango。

「在村民搬進來的同時，靠近Binabagaatan村旁的樹林區也建一個一樣的村落吧，可以和Taroko做交易。」Lono王子突然說。

「咦？」Avango納悶地說。

三個人又搭著船回到了Torobuan村的海灘，大祭司早已在祭司府等待。Lono王子迅速趕往祭司府，大祭司告知遷村日期是在兩天後。

「這麼快！」Lono王子嚇了一跳說。

「兩天要全部村民都搬進去，有點趕。」Zawai抗議說。

「不是全部。」Lono王子沉吟了片刻後說。

眾人用疑問的眼神看著Lono王子，大祭司卻開口透露道：

「王子，村落還可能面臨另一場災難。」

「什麼？」Avango提高了聲調說。

「大祭司，你是說我們這裡全部的村落會發生災難嗎？」Zawai焦慮地問道。

大祭司又說：「災難也不是全面性的，天神要王子先把會發生災難的村落遷移。」

「那天神有說哪些村落嗎？」Zawai追問說。

Lono王子也關切地看著大祭司，大祭司肅然說：「天神沒有說。」

Lono王子嘆了一口氣，想了一會，兩眼炯炯有神，態度堅毅地說：「我知道了，你們就立刻通知Kirippoan村和Sinahan村以及Tuvituvi村的村民，立刻做遷村的準備，其他村落則先整修村屋，加強牢固。」

「是。」眾人齊聲說。

「大祭司能挑選祭司人選進入新村屋嗎？」Lono王子說。

大祭司看著Lono王子默想片刻，然後點頭同意。Lono王子讓大夥先回去休息，自己也離開祭司府，在回家途中，水晶一路都保持著沉默，Lono王子不時地看著她。

「你是不是有話要跟我說？」Lono王子忍不住開口問道。

「我？」水晶嚇了一跳說。

「你應該要告訴我，海中怪物是什麼，你跟海中怪物又是什麼關係？」Lono王子開門見山說。

「你終究還是問了。」水晶嘆口氣說。

「你果然有事瞞著我。」Lono王子輕聲說。

「回住所說好嗎？」水晶柔聲說。

Lono王子於是讓水晶跟著自己回到住所，Saya看見他們一起

回來，不免有些吃驚。

「水晶有事要跟我說，不方便在外頭，所以就回來了。」Lono王子解釋說。

Saya笑笑著沒有說話，Lono王子於是和水晶進了屋內。

水晶說：「她很溫柔。」

「咦？」Lono王子驚訝地說。

「我是說Saya。」水晶笑笑說。

Lono王子看著水晶沒有說話，愣愣地搔著頭。

Saya走進來了，手裡拿著鍋子放在桌上說：「先吃飯，再說。」

水晶關上門之後，三個人各自坐下，溫馨地吃著食物，交談著。

海面上無風無波，天空萬里無雲，沒有一丁點暴風雨的影子。Pilanu和Papo所率領的船隻很順利地到達第一個河口海灣。

「這個海灣好大喔。」Papo讚嘆說。

「我們得加快腳步完成村屋。」Pilanu提醒說。

眾人下了船，Pilanu拿出Lono王子給的地圖看了一下四周，沙灘，沼澤，山坡，河流，地圖準確無誤。

「這裡有兩條河流。」巡守隊員打手勢說。

「Lono王子要在河流的匯流處建村。」Pilanu搜尋著說，「找到了，就是這裡，這片草原矮木林有Lono王子的記號。」

「Takili河是這裡嗎？」Papo指著某處說。

「不是。」Pilanu判斷說。

一行人開始忙著建新村屋的準備，Api和Avas帶來的女孩們負責大家的伙食。從公告之後，各村落的村民也開始忙碌著，被點名搬遷的村落早早準備好了家當和船隻。Avango站在村落的海岸山坡望著大海，心裡思忖著：「大祭司說村落會有另一場災難，到底

是什麼呢？跟海中怪物有關嗎？」

這個時候，Avango突然看見水晶也來到海岸山坡，有些驚訝。

「看來村民開始忙碌了。」水晶微笑說。

「Lono王子說你會開一條水路讓村民遷村，是真的嗎？」Avango詢問說。

「當然不是。」水晶說，又含笑注視著Avango，「我是神，怎麼可以介入人的生活，你們要靠自己啊。」

Avango眺望著大海，想了一下說：「你說得是，神是不能干預人間的，但是可以人神共存啊。」

這時一名巡守隊員跑來，Avango問說：「有什麼事？」

「船隻準備好了，要正式遷村了。」巡守隊員報告說。

一會兒後，浩浩蕩蕩的船隊已經出發，在大河流的出海口啟航，航向大海。

「Lono王子呢？」Avango問說。

「已經出發了。」巡守隊員答說。

「那還等什麼？」Avango說著打手勢啟航了。

大祭司也派了兩名祭司作為新村屋的大祭司人選跟著船隊出發。海面上風平浪靜，無一絲波浪。水晶站在沙灘上，海中怪物男又出現了。

「你告訴了Lono王子？」怪物男質問說。

「是他來問我，沒有任何人知道這件事。」水晶辯解說。

怪物男剎那間又消失無蹤影，只見水晶獨自在沙灘上施施然走著。忙了一整天，終於搬遷完畢，太陽也漸漸沒入了大山，星光點點。

「看來今晚要在這過夜了。」Lono王子靜靜地說。

「Tupayap各村落有大祭司守著，沒事的。」Avango笑著說。

「巡守隊也會加強巡邏。」祭司強調說。

「新村落也該有個名字。」Lono王子突然說。

「你都想好了？」Avango好奇地問。

「沒有。」Lono王子淡淡說。

海上突然颳起一陣風，徐徐地吹向陸地，草澤、矮木林、大山，風聲「沙沙沙」響個不停，很詭譎的一個夜晚。

46.從河岸爬過這座山

從遠處眺望大海，大海好像一顆巨大的藍寶石，在豔陽的照耀下，光輝四射。站在海岸岩石上往水裡看，清澈的海水，毫無遮蔽地反映著海底的活躍世界。

在Binabagaatan村的市集裡，村民和Taroko商人的交易日益熱絡，兩個族群的生活也越來越密切。山頂上的風吹向河口，河面掀起了長長細細的波紋。

巡守隊帶了幾個商人過來見Lono王子，商人施禮說：「王子。」

「都準備好了嗎？」Lono王子親切地問道。

「嗯，都照王子說的，已經在對岸樹林邊建好一個交易村落，而且也已經開始運作了。王子要過去嗎？船已經準備好了。」商人殷勤地邀請說。

Lono王子於是離開市集，一路走來到沙灘，搭上商人準備的船過河。在這新建的村落開始運作的時候，以前只是在這裡捕魚採果，現在真正住下來了，偶爾還可以回到舊村落捕魚，撿蛤貝。沿著草原樹林走訪每一個村落之後，Lono王子下船站在河岸，Zawai走過來。

Lono王子看了Zawai一眼，拍拍他的肩膀，親切地問說：「住得還習慣吧！讓你搬到新村落來會怪我嗎？」

　　Zawai沒有馬上回答，靜靜地看著河面一會兒，才笑著說：「守護村落大家都有責任不是嗎？我發現海岸那裡有很多石洞石穴，或許可以開發成為村民的避難之地。」

　　「是嗎？山壁陡峭，河流湍急，也許吧。」Lono王子沉吟了一下說。

　　「王子，」一名巡守隊員打斷了Lono王子的話，Lono王子轉身看著他，「你要的東西都準備好了。」

　　Lono王子看著巡守隊員遞過來的長刀和弓箭，還有一個竹簍，伸手接了過來。

　　「你要出遠門？」Zawai探詢說。

　　「是，Pilanu和Papo他們新村屋應該也建有一段時日了，我該去看看。」Lono王子說明道。

　　「你要走海路去嗎？」Zawai追問說。

　　「不，我要爬過這座山。」Lono王子搖搖頭說。

　　「這座山？可能嗎？」Zawai看著高聳峻峭的大山質疑說。

　　「從這裡。」Lono指著河岸說。

　　「你要從河岸爬過這座山？」Zawai驚訝地說。

　　「時候不早了，我們出發吧！」Lono王子對巡守隊員說。

　　Lono王子拿起工具順著河邊走，一名巡守隊員跟著他。

　　「你要好好保護王子。」Zawai慎重地對巡守隊員叮嚀說。

　　水晶遠遠看見了Lono王子，決定在河流上游等他。河床怪石林立，大如巨石，小如米粒，參差散布著。Lono王子被這美麗的峭壁吸引住了，不禁心蕩神搖了。

　　「你這樣走走停停的，什麼時候才走得到？」水晶笑著說。

Lono王子抬頭看見水晶，驚訝地說：「你怎麼會在這裡？」

「你不讓我跟，所以我就自己來了。」水晶撒嬌說。

「這河谷通到哪裡？」Lono正色道。

「那裡。」水晶指著山頂說。

Lono王子看著翠綠的山壁，景色怡人，駐足欣賞片刻後在河床喝了口水，便和巡守隊員繼續走。從山頂上往下看，一邊是層巒疊嶂的山脈，一邊是一望無際的汪洋大海。

「王子前面有水聲。」巡守隊員報告說。

Lono來到所謂「有水聲」的地方察看，原來是一個激石淙淙的水幕，煙霧迷濛，天空的白雲清楚地映在水潭裡。沿著水潭邊緣走，潭水清澈見底。Lono王子繼續往前走，走不多遠又發現另外一條河谷，這條河谷的方向，接近大海。

「從這裡走下去應該可以到海岸了。」Lono王子振奮地說。

「要在天黑以前到達海岸才行。」巡守隊員提醒說。

沿著河谷走比剛才輕鬆多了，因為是下坡，走起來不費力，但也比較傷神，因為不專心就可能踩空摔跤。

「你說什麼，Lono王子一個人上山？」Avango震驚地說。

巡守隊員默默地沒有答話。Avango在海岸邊望著大海，太陽也快失去光芒了。回去村落的途中，Avango想著巡守隊員的話：「王子說要去看Papo他們村屋建造的進度，所以請你多照顧這裡的村落。王子是從新村落的河流走過去的。」

「難道在河谷裡也潛藏著村落的危機嗎？」Avango自言自語說。

Abas看著發呆的Avango，輕輕拍著他的肩問：「你在想什麼？」

Avango回過神來訥訥地說：「沒有，你要回去了嗎？」

夜幕低垂，Abas和Avango一起慢慢走著，從海岸邊的小路走

回到了住所。

47.村落王子駕臨

河床越來越寬大，眼前視野突然豁然開朗起來。

「看到海了，王子。」巡守隊員興奮地喊道。

Lono王子看著出海口，一片潔白的沙灘、陡峭的山壁叢生的雜草及矮木的泥灘。Lono王子大步流星地朝海口走去，不料卻驚動了別人。

這個時候草澤地的一群人發現有聲響，發著噓聲說：「好像有人來了。」

村民警戒著準備防衛，。有幾個人悄無聲息地從村屋走出來躲在草叢裡。

「那裡？」村民甲悄聲說。

「山壁那裡傳來的，河流那裡。」村民乙說。

「是Lono王子！」村民丙驚呼道。

結果，所有人都轉頭瞪大眼睛凝視著Lono王子出現的方向。Lono王子從河床上游慢慢走下來，在河口泥灘駐足片刻，眺望著大海，又環顧了一下四周。

「這裡是哪裡？」巡守隊員茫然地說。

Lono王子沿著泥灘往外走，不料突然從草叢裡跳出一群人來，嚇了Lono王子一大跳。

「王子，你怎麼從那裡過來？」村民疑惑不解地問。

「奇怪吧？怎麼只有你們，其他人呢？」Lono王子未答反問說。

「我們是留下來駐守的，還架設了巡守塔台。」村民說。

「村落建好了？Papo他們呢？」Lono王子驚訝地說。

「他們說要去下一個河口建村屋，王子要看新建的村屋嗎？」村民詢問說。

Lono王子於是和幾個村民往草澤矮木林裡走去。

Lono王子看過村屋之後，站在海岸山坡，眺望著四周說：「這是一個很大的海灣，船隻在這裡受損情形也變少了，有山壁阻擋海灣外的風浪當然安全多了。」

「這是你熟悉的地方？」水晶詢問說。

「我從Torobuan村海岸出發尋找Takili河的時候曾遇見暴風雨，暴風雨把我帶到這裡來。」Lono王子說。

「天意。」水晶淡淡地說。

當Lono王子和水晶在海岸山坡閒聊的時候，有個村民划著Pilanu留下來的一艘小船出海去了，這段海路很短。在沙灘的Avas正準備上船拿東西，卻瞥見有船隻過來，定睛凝神一看，認出划船的人是村民，於是放下心。

村民將船靠岸後，Avas上前問說：「什麼事，是不是缺了什麼？」

「Pilanu他們在哪兒？找Papo也可以。」村民語調急促地說。

「你慢慢說不要急。」Avas溫和地說。

「我說Lono王子從河流走過來了。」村民提高聲音說。

「什麼？Lono王子來了？」Avas驚訝地說。

「是啊，正在巡視新村屋。」村民肯定地說。

Avas驚訝地看著他，乍驚乍疑。

此時Papo也來到沙灘，Avas叫住他說：「Papo。」

「什麼事？」Papo停下腳步問。

「Lono王子來了。」村民報告說。

Papo聽村民這麼一說更訝異了，趕緊叫一名巡守隊員去告訴

Pilanu，說Lono王子已經來到前面的海灣了。Avas和Papo在沙灘上張望，Pilanu和Api走出來，聽取了報告。

「你說什麼？Lono王子在哪裡？」Pilanu滿臉狐疑地問。

「在前面海灣巡視村屋。」村民報告說。

「怎麼辦？」Papo有點驚慌失措地說。

「我們要過去向王子說明情況，Api和Avas你們留下來。」Pilanu決定說。

Pilanu和Papo準備上船，Avas卻說：「開大船吧，小船人多坐不下了。」於是，又重新清空另一艘大船上的必備材料，Papo和Pilanu上了船。

Api從另外一艘船上拿出一個籃子，笑著說：「這個拿去給Lono王子填飽肚子。」

「我們走了。」Papo點點頭說。

Api和Avas目送著船離開，Api突然說：「其實那個海灣就是從這裡看過去山壁的下方，很近的。」

Avas笑笑沒回答。

Lono王子準備離開海岸山坡回到村屋休息，水晶卻告訴他說：「你的村民回來了。」

「咦？」Lono王子迷惑地看著她說。

水晶眼神注視著海岸邊，Lono王子也隨著她的視線重新望向大海，他看見Papo和Pilanu正划著船進來。

「他們怎麼來了？」Lono王子驚喜參半說。

「村落王子駕臨能不通報嗎？」水晶嫣然一笑說。

Lono王子也笑了。水晶看著Lono王子燦爛的笑容，更加心蕩神迷了。Lono王子走下山坡，來到沙灘。

「王子。」Pilanu和Papo齊聲說。

「你們兩個怎麼可以同時離開？」Lono王子略略責斥說。

「村屋的事都交代清楚了，暫時離開應該可以吧。」Papo吐吐舌頭調皮地說。

不想Lono王子卻搖搖頭，嚴肅地說：「不行，必須有一個人先回去，萬一村民受了傷，發生什麼意外怎麼辦？」

「王子說得對，我這就回去。」Papo說完，轉頭就上了船了。

「等等，你的腳程看起來還不錯，從這裡，海岸礁岩穿過去就可以到達，不過海岸邊很靠近，一不小心會掉到海裡。」水晶建議說。

Papo注視著海岸山坡片刻，於是下了船，說：「Pilanu，船就給你明天使用，我先回去了。」

Papo一溜煙就從沼澤走上去了，Lono王子驚訝地問水晶說：「你知道那裡有路？」

水晶笑笑地看著Lono王子微笑不語。

Pilanu拿著竹簍來，呈上說：「王子我帶了些吃的，你一定餓了吧？」

說著，一行人走進村屋休息了。

48.大地又震動了

Saya一個人孤獨地站在屋外看著山坡腳下，夜幕漆黑，讓人看不清海上的景色。晚風一陣一陣，沁涼透骨，颯颯聲響，一如她的嘆息。一名巡守隊員走過來，勸她回屋休息。大祭司交代巡守隊要保護好Saya，巡守隊不敢怠慢。Saya靜靜地走回屋子，在床上躺下來想睡卻睡不著，腦海中不斷縈迴著水晶對Lono說的話：「海上將有一場大風暴。」為什麼水晶會知道？水晶是誰？現在水晶是不

是和Lono在一起？

　　海水拍打著海岸，潮水漫過岩石，淹沒了一部分海灘。Lono王子一個人枯坐在礁岩上，水晶來到他身旁。

　　「睡不著，所以在這裡坐著。」Lono王子苦笑著說。

　　「在想建村的事？」水晶瞥了他一眼問道。

　　Lono王子沒有回答，水晶兀自說下去：「建村的事已經完成一半了，很快就會完成了。」

　　Lono王子還是悶聲不吭地看著黑漆漆的海面。

　　「你這樣子一定是在想Saya，對不對？」水晶猜測說。

　　Lono王子回頭看她一眼，又繼續看著大海，低聲訴說著：「如果我不是村落王子，不需要這樣對她，不告而別地離開她。」

　　「她一定也在想你，你還是先睡吧。」水晶溫婉地勸說道。

　　「我還不睏，你去睡吧。」Lono王子淡淡地說。

　　「難道你也要讓她這樣想你想到天亮？」水晶發急說。

　　「什麼意思？」Lono王子不解地說。

　　「如果你們心裡都想著對方，也會因為有一方睡不著而無法睡覺。」水晶解釋說。

　　Lono王子一臉茫然地看著水晶，水晶笑笑說：「如果你想讓她到你的夢裡來，你就要趕快去睡。」

　　Lono王子半信半疑地離開海岸山坡，回村屋裡去了。水晶暗中施了魔法傳到了Saya的屋內，Saya坐在椅子上也睏了，只好拖著腳步上床睡覺。很奇妙地，當晚Saya和Lono王子真的做了一個完全相同的夢，夢中兩個人在海岸山坡聽著風聲，唱著情歌。

　　自從在巨大河流建立了新村落，村落活動的範圍更廣了，並且發現在Karewan村及Raorao村的海岸邊有一個大海洞，這個大海洞可以躲避海浪，大海洞四周山壁陡峭，不容易被發現。隨著沼澤地

的活動，村民越來越習慣這裡了，Waiawai村和Vuyen村的村民早已忘記了在Kirippoan村的沙洲生活，在鳥語花香的樹林裡悠然陶醉。從Binabagaatan村遷移來所建的Panaut村也成為村落的最大交易市集，Taroko人和村民來往得更密切了。

Zawai從祭司府走出來，突然感覺大地一陣搖晃，大地震動了。村民立刻檢查村屋的損壞性，巡守隊更是忙著聯繫和通報。Piyan在樹林裡採果子，一陣搖晃後，果子自動掉下來，Piyan忙著撿拾地上的果子，想在市集裡換個好收穫。這個時候傳出海中怪物又出現了，村民紛紛跑到河岸邊、沙灘邊觀望，在海上來不及逃跑的船隻都被海中怪物一一推上岸。

「看來這海中怪物不會傷人。」村民說。

「是不是有什麼事又要找Lono王子了？」另一村民說。

在大海的左右兩側站滿了村民，大家望著海中怪物，留意著牠的可能動靜。大祭司在祭司府感應到了，也來到了海邊。

Avango問大祭司說：「海中怪物要找Lono王子嗎？」

「不知道。」

大祭司說完，立刻拿起法器唸誦著咒語。大地又震動了，這次搖晃得比剛才厲害。

「速速通知Lono王子。」大祭司吩咐說。

在Karewan村的祭司府的祭司收到大祭司的傳話，立即告訴Zawai說：「大祭司要你派人去找Lono王子。」

Zawai立即指派一名巡守隊員沿著河流往大山裡尋找Lono王子的蹤跡。究竟這兩次大地震動有什麼含意？村民百思不解，疑慮萬端，因此大家都不敢隨意出海，海面上進行捕撈活動的船隻也變少了，市集裡每個人臉上也都充滿疑問和擔心。

大地震動震傷了正在建村屋的村民，村民受傷了，Lono王子親

自為他敷藥，Api正在照顧他。Lono王子在海岸邊，水晶走過來。

「村民傷勢如何？」Lono王子問道。

「都處理好了，Api正在照顧著。」水晶說。

「這大地震動是什麼意思呢？」Lono詢問說。

「你在問我，我一定會說表示有災難啊。」水晶苦笑著說。

「你還是不肯跟我說實話。」Lono王子氣憤地說。

「過不久，你的村民就會告訴你了。」水晶打謎語似地說。

Lono王子離開海岸往村落去，Pilanu看見了他。

「村屋完成了吧？」Lono王子打招呼說。

「是，不過剛才的震動讓村民更小心，所以再次補強了一下。」Pilanu說。

「對，等會到另外兩個地方也要補強一下。」Lono王子點頭說。

「已經通知Papo了。」Pilanu說。

「給我一艘船吧。」Lono突然說。

「王子要去哪裡？」Pilanu質疑說。

「想去更遠的海岸看看。」Lono王子說。

沙灘正好停著一艘空船，Lono王子上了船，巡守隊員也跟上去。

「你留在這裡幫忙Pilanu，我自己去就可以了。」Lono王子說。

Lono王子將船划向海岸的順向，沿著海岸邊緣而走。水晶從沙灘上望著他，然後走向船邊，Lono王子拉她上船。

水晶在船上揮手喊道：「放心，我會負責把你們的王子平安帶回來的！」

Pilanu聽到水晶這麼說，也只好相信了。

在船上的Lono王子划著船看著海岸山坡說：「這一帶應該還有很多河流才是。」

陡峭的山壁幾乎除了狹小的海灘以外就是岩石，水晶看著他沒

有說話，海上的風吹過耳鬢，拂過山頭。

「那裡好像也有一座山壁在大海中，看起來像礁岩海岸。」Lono王子說。

海面上的風浪漸漸變小了，船行越來越平穩。Lono王子的船隻夾在礁岩山坡和山壁海岸之間，往山壁一望，滾滾河水從山壁中流出，許多不知名的鳥和野獸四處奔跑，彎彎曲曲的海岸真的是天神的造物。Lono王子看了這一切景象，心裡也有個底。在返航的途中，Lono王子不自覺地一直看著水晶，水晶的臉被山壁上返照的太陽光芒照得通紅，很漂亮。

水晶害羞地說：「你怎麼這樣看我？」

一時恍神的Lono王子突然傻笑著，他想起了Saya，Saya的笑容也是這麼迷人。

49.翻山越嶺今之古道

從Karewan村出發的巡守隊員帶著Zawai的口信沿著河谷、山坡，在崎嶇的山路上攀爬著，在山中差點迷路，憑著多年的訓練終於找到了出口。又在山頂上往大海方向尋找，終於找到另一條河谷，也不知道是對還是錯，深怕在山上遇見Taroko人會被逮捕。然而，他相信只要順著海的方向就沒錯了，河谷向下是斜坡，河床越來越寬。聽見有人，一時之間忘了警戒，任意闖進了河灘地，在草原裡的村民突然衝出。

「誰？」村民問說。

巡守隊員傻愣愣地看著他們，村民笑著說：「原來是自己人，怎麼跟Lono王子一樣從河谷下來，後面還有人嗎？」

「我是要找王子的，王子人呢？」巡守隊員詢問說。

「王子到下一個河口去了。」村民答說。

「可以帶我去嗎？」巡守隊員要求說。

「可是沒有船沒辦法去。」村民遲疑了一下說。

巡守隊員正在焦急著，有點不知所措，村民建議說：「先進屋子再想辦法。」

「不行，這事很緊急，是大祭司交代的。」巡守隊員無奈地說。

「有辦法了。」村民靈機一動說。村民走到海岸礁岩上，「這裡，前幾天Papo從這裡過去，不過這裡很危險，一不小心踩空是會掉下海裡去的，這一帶都是礁岩和山壁。」

「沒辦法了。」

巡守隊員說完立刻走上海岸礁岩，村民要他小心並給他加油。當巡守隊員走到一半卻發現海上有人，原來是Api和巡守隊正要往剛才的海灣過來，由於礁岩崎嶇和海灘距離有點遠，無法靠近，只好繼續往前走。看到沙灘了，巡守隊員立刻走下海岸礁岩，果然有人在走動，看到自己人真是非常高興，巡守隊員還帶著他去找Papo。

巡守隊員告訴Papo說：「是大祭司要找Lono王子。」

Papo看著天色也漸漸暗了，於是體貼地說：「你先在這裡休息，明天再回去。」

「那誰去通知Lono王子呢？」巡守隊員盡忠職守地說。

「這簡單，Api剛剛送食物到海灣去，等一下就會回來，不如就讓他跟Api一起回Takili河就可以見到Lono王子了。」Avas提出建議說。

「對哦，我怎麼沒想到Api。」Papo搔搔頭說。

「你們陪著他在沙灘等Api的船回來吧。」Avas說。

Api到達海灣村落之後，得知大祭司派巡守隊過來，有急事，

於是匆匆忙忙又回到了Kidis河谷地。

一行人看見了Api的船都招了招手，Api在船上說：「誰是大祭司派來找王子的？」

眾人指著其中一個人說：「他。」

「上來吧。」Api說。

「Api，天快黑了，要小心。」Avas說。

「我知道。」Api說。

Pilanu在河口外等待，Api還沒回來，Lono王子也不見蹤跡，一個往東，一個往西，不同方向，他也不知往哪兒找。Pilanu急得慌了，踩著沙灘上的碎石，海水淹沒了他的腳痕，終於看見了Api的船回來。

「你回來了。」Pilanu高興地說。

Api下了船，巡守隊員把船開進河口繫好，Api問說：「王子呢？回來了嗎？」

「王子？」Pilanu質疑說。

「是啊，他是大祭司派來要找王子的，王子是不是在裡面？你去找王子。」Api對巡守隊員說。

「等等，你說大祭司叫你來的，你怎麼來？你的船呢？」Pilanu困惑不解地說。

「Zawai叫我爬山過來的。」巡守隊員說。

「是啊，就是Lono王子走過的河谷，在海灣那條河下來的。」Api說。

Pilanu茫然地搖著頭說：「我們先進屋子再說。」

「Lono王子到底在不在？」巡守隊員說。

「王子出去還沒有回來，天都快黑了，會不會出什麼事？」Api焦急地說。

「不要胡說。」Pilanu輕聲斥責說。

Pilanu和Api及村民在海岸草原等待Lono王子，Lono王子和水晶的船漂遠了，現在又漂回來。

「想不到這一帶有這麼多河流，而且還有一個更大的海灣竟然在兩座山壁之間，在那裡的礁岩沙灘有如繁星之多。」Lono王子說。

「怎麼樣？找到讓村民活下去的辦法了？」水晶笑著說。

「咦？」Lono王子驚訝地看著她。

「這裡的海一樣是很漂亮的，海底的色彩閃爍如彩虹。」水晶說。

「我相信。」Lono王子淡淡地說。

風有點冷，水晶抖了一下，Lono王子一手將她攬著，一手划著船。

水晶靠著他柔聲說：「Saya都是這樣靠著你的嗎？」

Lono王子突然鬆開手，水晶有點坐不穩，船斜了，Lono王子又將船穩住了。

「對不起。」水晶赧然一笑說。

Lono王子沒有說話，繼續划著船，水晶看著他。

50.地震與怪物之間的連結

夜晚大夥守在營火旁等待Lono王子，Lono王子終於停船靠岸回來了。

Lono王子看見大夥都看著他，驚訝地說：「你們怎麼了？」

「王子去哪裡了？我們都很擔心。」Pilanu探詢說。

「我不是叫你們不用等我嗎？」Lono王子淡淡地說。

「可是大祭司派人來找你了。」巡守隊員說。

「大祭司？」Lono王子茫然不解地說。

其中一名巡守隊員走過來說：「是我，大祭司祭天神之後就急著說要找王子了。」

「大祭司為什麼突然要祭天神？」Lono王子質疑說。

「不是突然，是海中怪物又出現了。」巡守隊員解釋說。

Lono王子看著他又看看水晶，關心地問道：「那有人受傷嗎？」

「這次沒有人受傷，不過海中怪物一直潛伏在海裡不肯離去，大祭司才會去祭天神。」巡守隊報告說。

「海中怪物為什麼突然會出現呢？」Lono王子喃喃地說。

「是上次發生大地震動之後，海中怪物就出現了。」巡守隊員補充說。

「王子，海中怪物的出現會不會跟大地震動有關係？」Pilanu猜測說。

Lono王子也想不出原因來，水晶的心裡卻是已然有解了，海中怪物是出來警告的。

「先進屋子吧。」村民建議說。

夜幕低垂，海風習習，沙沙作響，浪濤拍岸，節奏有聲。風之琴，浪之鼓，各自貢獻著它們自己的音符，成就天地萬籟之交響。

51.夢中幻境

Lono王子一整夜思緒萬端，既思索著海中怪物出現的事，也孤獨地想念著愛妻Saya，沉重的思念和憂慮，壓得他的心裡沉甸甸地，一直到深夜才沉沉睡去。Lono王子在睡夢中見到了Saya，她

一個人坐在海岸邊的岩石上等著他，突然海中怪物出現，伸出長爪想抓住她。Saya大叫一聲，驚嚇到在矮木林裡的Lono王子。Lono王子立刻疾奔，一路跑到海岸邊，他瞪視著海中怪物，拿出手中的弓箭，一箭射中了怪物，Saya才喘一口氣虛脫地倒在Lono王子的懷裡。Lono王子安撫著她，Saya的哭泣聲清晰可聞。

水晶將Api準備的魚肉飯拿給他，一邊微笑看著他說：「怎麼了？做夢了？」

「我怎麼了？」Lono王子茫然說。

「你一直喊著Saya的名字。」水晶抿嘴一笑說。

Lono王子愣愣地看著水晶手中的碗，突然說：「我去洗個臉。」

「記得回來把魚肉飯吃了。」水晶在他背後叮嚀說。

村民早已把水裝在木桶裡，只要用勺子舀水就可以洗臉了，Lono王子和村民一起舀著水。

「王子吃飯沒？」村民點頭招呼說。

水晶在屋子裡等他回來，Lono王子走進屋裡說：「讓你看到我出醜的一面。」

「是嗎？我倒覺得Saya很幸福。」水晶笑笑說。

Lono王子看著水晶默然不語，卻聽到屋外一陣嘈雜聲，外頭正在討論回村落的事。

Pilanu對村民說：「我們一定會遷到這三個村落，所以今天大夥要先回去收拾家當再過來，船也會跟著王子一起開回去。」

「那這裡沒人怎麼辦？」村民擔心地說。

村民看著Pilanu質疑著，Pilanu一時說不出話來。

Lono王子走過來，問說：「怎麼這麼熱鬧？」

「我們今天要跟王子回去村落搬家當到這裡來住嗎？」村民詢

問說。

Lono王子看著大夥，點了點頭，分派責任說：「你們要先回去，Papo那裡也是，Pilanu你留下來，和兩個巡守隊員留守在這裡，直到村民搬過來住為止，你都一直住在這裡。」

「王子。」Api輕喚一聲說。

「我知道你的擔心，我會讓Saya把你們的家當都準備好。」Lono王子安撫說。

Lono王子轉向兩個巡守隊員吩咐說：「你們可以交代其他人幫你，要是有什麼困難要告訴我，知道嗎？」

「是，王子。」巡守隊員挺起胸膛大聲說。

水晶看了很感動，出聲說：「大家準備上船出發吧。」

「Pilanu，辛苦了。」Lono王子拍著他的肩說。

Lono王子的船從Takili河來到大濁水溪河口也講了相同的話。所有人都回到村落，只留下兩名巡守隊員和Papo駐守在這裡，也做了相同的保證。接著船隊又來到了大海灣，Lono王子要村民全部離開村落。船隊就這樣沿著海岸山壁一路平安地回到了Karewan村，在Karewan村做短暫停留的Lono王子就讓村民先回到自己的村落住所。

Zawai得知Lono王子正在Karewan村海岸，立刻前往沙灘。

Lono王子看見Zawai立刻向前問好，拍拍他的肩膀說：「辛苦了，Zawai。」

在一旁的Piyan看著水晶笑得那樣甜蜜就很不舒服，沒好臉色給她瞧。

「大祭司正在等著你。」Zawai說。

一名祭司正好走過來，Zawai於是攔住他說：「祭司，你陪著Lono王子回去吧。」

「不用，我自己回去就可以了。對了，關於Karewan村單獨訓練勇士的事情進行得如何？」Lono王子關切地問道。

「很順利，從Tamayan村調來一些巡守隊員幫忙訓練，大都很能接受。」Zawai報告說。

「那就好。海中怪物還在嗎？」Lono王子隨口問道。

「據說還一直在Torogan村的外海潛著，沒動過。」Zawai語氣平和地說。

「我知道了。」Lono輕聲說。

Lono王子的船離開了Karewan村，接著往Torogan村而去。

52.怪物是來警告的

向大祭司通報的村民說Lono王子回來了，大祭司和Avango立刻前往海岸邊。

Lono王子站在沙灘，勇敢無懼地看著海中怪物，對牠說：「你是不是有話要跟我說？」

海中怪物拋出長爪拍打海面，濺起了高高的水花。

「王子，小心。」水晶喊著，一邊向前抱住Lono王子。

水晶全身被水淋濕了，雙手輕輕拍去身上的水珠。

「水晶，你不要緊吧。」Lono王子關心地說。

「我沒關係，快回村落吧。」水晶勸告說。

Avango看見了Lono王子和水晶佇立在沙灘上，水晶全身濕透了。

「王子發生什麼事？」大祭司詢問說。

Lono王子看著海中怪物仍不斷地晃動著長爪，只顧小心戒備著，一時來不及回答。

「這怪物從來不起身，就靜靜地躺臥、潛伏在那裡。」Avango覺得奇怪說。

「我總覺得牠好像有話要跟我說。」Lono王子愣愣地說。

「是，怪物是來警告王子，災難要來了。」大祭司說。

「大祭司，這就是你急著要找我的原因嗎？」Lono王子詢問說。

「我們回去再詳說吧。」大祭司建議說。

Lono王子和大祭司等人隨即離開了沙灘。

水晶看著海中怪物，靜靜地用心傳話說：「你不要亂來。」

「我也提醒你，不要愛上Lono王子。」海中怪物說。

水晶不理牠，就轉頭回村落去了。一瞬間，只見海中怪物又再次變成一個美男怪神站在大海上。

53.對水晶的反感

Piyan對於水晶越來越反感了，尤其看見她向Lono王子賣弄風情的時候。

「說什麼水晶神，根本就是女妖嘛！」Piyan脫口說出這句話。

「小心被聽到了。」一名女孩說。

「我就是要讓她知道我們村裡的女人不是那麼好欺負的。」Piyan義憤填膺地說。

「看著她對Lono王子這麼親近，難怪大家都這麼想。」一位大姊說。

Piyan看見大夥議論紛紛，莫不對水晶深感不以為然。

這個時候Saya走過來了，大家小聲耳語說：「Saya來了。」

Piyan看著Saya，向前對她說：「你來得真好，快去集會所找水晶，免得她纏著Lono王子太久。」

「Piyan。」Saya輕聲換了一句，又看著大家說，「我不是說過了嗎？水晶是海神派來協助Lono王子的，同時也是為了幫助大家找到安身立命的地方。」

「可是，Saya……」一位大姊發言。

「我知道大家要說什麼？水晶也是神之一，應該也很清楚，人神之間的分際。」Saya打斷她的話說。

「Saya說得沒錯。」Abas突然走過來說。

Saya和Piyan還有眾人怔怔看著Abas，Abas輕聲斥責說：「你們要相信Lono王子，像這樣懷疑水晶，就是不相信Lono王子。」

眾人議論一番之後，Piyan氣猶未消地說：「我知道了，我要回去了。」

「你要回去了？」Saya一臉驚訝說。

「我是回來拿些Karewan村找不到的東西。」Piyan解釋說。

「慢慢地，一段時間之後，Karewan村就會跟Tupayap村這裡一樣繁榮了。」Abas笑著說。

Piyan看看四周，嘆一口氣說：「說真的，以前這裡的海岸草原也沒那麼多人，現在已經住得滿滿的，連河流岸邊也住得滿滿的。」

「是啊。」Abas也感傷地說。

三個人和一群村民在市集裡走著，直到Piyan要離開才分頭散去。

集會所裡，Avango和Lono王子及大祭司已經討論了兩天。

「這麼說來，海中怪物是警告村民的。」Lono王子若有所悟地說。

「根據從Basay來的商人說，在他們的村落看出去的大海的確有很多奇怪的船隻，而且都是往另一個方向去的。」Avango說。

　　「王子找到Takili河也建立了新村落，算是對先祖償了一個心願。」大祭司肯定地說。

　　「還沒有，Kidis還沒找到，倒是在Takili河附近海上找到很多河口海灘。相信以後或者未來的村民若是這裡無法待下去，就可以沿著海岸建立村落，保留村落的生命延續。」Lono王子謙虛地說。

　　「可是，這是一個浩大工程。」Avango深吸口氣說。

　　「確實是，所以我想一部分村民先搬遷過去，等一切生活就緒就沒問題了。」Lono王子意態從容地說。

　　「王子的意思我明白，這樣村民不至於遭到海上來的陌生客滅村而斷了血脈。」大祭司點了點頭說。

　　「村民大都集中在這裡太顯眼，容易遭人暗算，往後想要回村落恐怕很難，唯有如此才能符合『海上不安定，藏身好過冬』這句話，遵從天神的旨意。」Lono王子解釋自己所做安排的背後含意說。

　　「就依王子說的，我會公告在村落裡讓大家準備。」Avango若有所悟地說。

　　「看來都累了，兩位先回住所休息再說吧。」大祭司站起來說。

　　Lono王子和Avango兩個人都笑笑地看著對方。

54.要相信Lono王子的心

　　從Takili河建造村屋回來的村民早已在市集裡採購遷村的物品和整理家當，巡守隊也忙著替村民準備船隻運送，多數村民都希望用自己的船載貨，Saya也來到Pilanu的住所幫忙整理屋內的物品，Abas則到Avas的住所幫忙整理，等待著巡守隊和村民的搬運。

　　Saya忙了一整天，好不容易有時間讓自己坐下來吃點食物。

這時水晶走了進來，問說：「要不要來點烤肉串，剛烤的。」

Saya看著她，表情有些詫異，但仍笑著點了點頭。

水晶把烤肉串遞給了Saya，含笑看著她說：「其實我要感謝你在那些姊妹們面前幫我說話，不然我在村落一定會被罵死、恨死。」

Saya看著水晶，微微紅著臉說：「雖然你說你是水晶神，我還是要問一句，你變成人的時候有喜歡過Lono嗎？」

水晶看著她片刻，誠摯地說：「你現在是以一個女人的身份在問我嗎？」

「嗯。」Saya輕聲說。

「好吧，老實說，只要是女人都會喜歡上Lono王子的。可是，我是一個神，我不能。不過，你要相信Lono王子對你的心，這才是最重要的，如果你不相信他，就有可能被別人搶走喔。」水晶笑著警告說。

Saya靜靜地沒有說話，只是看著水晶，非喜非憂，不恨不氣。

市集裡，忙碌的村民腳步沒有一刻停歇，看著年長的村民，耆老們，將自己的所有給年輕的村民都帶上了，希望到了新村落能夠用得上，在新村落能夠開創出自己的家園，守護家園。

沙灘上，一整排的船隻等待出發，大祭司擺好祭壇，祭天神與海神，希望一路風平浪靜地抵達村落。

Lono王子也對即將出發的村民說：「希望大家到達新的村落努力地開創新的家園，合力守護它。」

村民一陣歡呼之後，大隊船隻出發了。

Lono王子早已派出了先遣船隻通知了Papo和Pilanu兩個人村民遷村的時間。Papo和Pilanu兩個人在海岸上來回巡視，等候，觀望。之前，Papo在山坡樹林砍了若干木材做了艘船，如今可以自由

地在海面上、河道裡來回穿梭。Papo到海灣巡視，聽取巡守隊帶來的訊息，說是海灣村屋要空一間下來。Papo知道不是Avango要來就是Zawai要在此駐守。Pilanu和Papo兩個人在海岸巡邏，巡守隊則在山坡巡邏，各盡職守。

「真的嗎？村落船隊要過來了？」Pilanu確認說。

「當然是真的，Lono王子派人來通知了，現在已經回去覆命了。」Papo語氣堅定地說。

海神果然有聽見村民的祈求，一路上風平浪靜，陽光普照，白雲片片，海面上金光閃閃。一路上，舢舨船搖蕩著，經過了峭壁和石洞，終於落腳在新村落。

55.新村落誰來領導？

村民一切就緒之後，在新村落度過了第一個晚上。一夜好眠，第二天清晨，村民就爭相跑到河岸邊占好位置，洗滌的洗滌，準備工具的準備工具。下海捕魚的準備好了船隻和魚網，到河谷山坡種植或採集、打獵的準備好了竹籃、竹簍或是弓箭和刺槍，這些熟悉的生活一點都沒改變。

Pilanu對Api說：「你還需要什麼，我幫你帶回來。」

「你要去哪裡？」Api驚訝地問道。

「我要去Torogan村一趟。」Pilanu答說。

「王子叫你回去的嗎？」Api猜測說。

Pilanu沒說話，Api淡淡地：說「其實也沒欠什麼，Saya都幫我準備好了。」

「那我走了。」Pilanu說完就往沙灘上走去，搭上巡守隊的船。

Pilanu先到大濁水溪河口村落來向Papo報備，Papo知道了

Pilanu的來意後說：「放心，我會多加注意的。」

Pilanu的船隻離開了村落，往大海方向划去。Pilanu的船在Karewan村海岸就被村民發現了，巡守隊立刻向Zawai報告。Pilanu沿著Karewan村的海岸進入內海，原本想直接往Sinahan村過去，卻被Zawai叫住了。

Zawai在沙灘上對Pilanu說：「這麼急要去哪兒？」

「Api有些物品沒有拿到我回來拿。」Pilanu隨口編個理由說。

「是喔，村民住得還習慣嗎？」Zawai隨口問說。

「一切看來沒什麼大問題。」Pilanu笑笑說。

兩人分手後Zawai繼續在沙灘上走著，Pilanu一看見Zawai離開就划著船往Sinahan村去了。此時Avango正好從Binabagaatan村划船離開，中途遇見了Pilanu。

「Pilanu，新村落村民過得還好吧？」Avango打招呼說。

Pilanu點點頭，沒有多說。

「你回來是Lono王子的意思嗎？」Avango看著Pilanu，猜測說。

Pilanu知道瞞不過去，就說：「王子有事要交代，所以就回來了。」

Aavango沒有說話，兩個人一起上了岸，又一起回到村落。當Avango聽說Lono王子要Pilanu把Saya先送到新村落去住，隨後他也會去住的消息，感到非常驚訝。理由是Lono王子不能放棄這些村民獨自生活，至少有個人可以幫他們解決問題。

Avango告訴Lono王子說：「剩下一個新村落無人領導應該由我去，不是王子要去的，王子要留在這裡解決大家的問題。」

Lono王子很意外自己的計畫被Avango發現了，解釋說：「在那麼遠的河谷建立村落是我的意思，我有責任。」

Lono王子話才說了一半，就被Avango接著說：「王子有責

任，我更有責任協助王子。讓我去吧，這裡還有些事需要你不是嗎？大祭司不是說了，村落還有一次災難?!」

Lono王子沒有回答，靜靜地看著Avango和Pilanu兩個人。

Pilanu說：「王子，我覺得Avango說得沒錯，你應該留在這裡。」

「就這麼說定了，Pilanu，什麼時候要回去，我現在就去告訴Abas，讓她做個準備。」Avango說完就走了。

Lono王子沒有說話，一個人慢慢地走回住所。

56.需要和Taroko人重新協議

Avango和Lono王子各自回到住所後，在住所內思索了一番，此時大地突然搖晃了一下。

「大地又震動了。」Abas嚇了一跳說。

「是啊，就是不知道什麼原因大地又震動了。」Avango感嘆地說。

「這就是你堅持要去新村落的原因嗎？」Abas看著他說。

「看起來我很怕事嗎？其實我是希望我能和Papo及Pilanu他們兩個人一起把新村落的村民安定好，保護好，讓Lono王子不再有後顧之憂，安心地解決目前的問題。我覺得大地震動和海中怪物出現有密切關係。」Avango說。

「我知道，所以我才答應和你一起過去啊。」Abas笑著說。

Avango看著Abas，心裡沉思著，未來還有更多挑戰等著他們呢。

Saya在屋內整理被震歪的竹簍，一邊說：「Avango真的這麼說嗎？」

「是啊，是這麼說。」Lono王子訥訥地說。

「你還不放心嗎？」Saya關懷地問道。

Lono王子看著Saya，Saya坐到Lono王子旁邊說：「你可以放下心，等你把這裡的事解決了，我們再過去也不遲啊，再說這裡還有很多村民，難道你要放著不管。」

「我不是這個意思。在這裡，村民已經習慣了以前的生活，突然換了一個陌生環境，而且在那裡和Taroko人的生活區域很接近，我怕會出事。」Lono解釋說。

「Taroko人？不是都有先祖的協議嗎？」Saya質疑說。

「先祖的協議僅指定這裡，Takili河那一帶還需要重新協議。」Lono王子說明道。

「這就是你要做的！讓Avango去帶領村落吧，你要負責把一切都協調好，讓他們做起來事也不會有阻礙。」Saya說。

Lono王子聽了Saya的話，突然茅塞頓開一般，拍拍自己的頭笑著說：「對喔。」

Lono王子想起大祭司的話，大祭司說歷任村落王子都把已規劃好的計畫都寫在書簡裡，供往後繼任的村落王子參考。

Lono王子一邊想著，一邊看著Saya，突然將Saya擁在懷裡說：「謝謝你。」

Saya感到莫名其妙卻也甜蜜在心裡。

57.浪速新村

村民在河谷抓魚蝦，在沼澤摘野菜，在山上採果子，在海上捕魚，山坡上有巡守隊在瞭望台時時刻刻注意村民的行動，一切生活如常。Avas在沙灘踩著海水採集著海菜、貝類，突然發現海水流動的方向有了變化。於是她讓巡守隊划船，沿著沙灘划著，赫然發現

在河口外還有一處小海灣。這個小海灣很廣，海灣內有沙灘草澤，還有條溪流。Avas很好奇，覺得這裡的河口灣和大濁水溪河口一樣有草澤遍地，只是山壁比較接近大海而已。她把這件事告訴Papo，Papo覺得不可思議，一直謹記在心，耿耿於懷，直到Lono王子和Avango來到浪速海灣居住下來的時候才告訴Lono王子。

　　Avango來到這個大海灣，村民非常高興。村民告訴Lono王子說，河谷往上有很多野獸的腳印以及許多果樹可採，這些和原來的村落沒什麼不一樣。Lono王子非常高興村民很快地適應下來。

　　「Avango，你們先進去，待會我再回來，我要先去看看其他村落。」Lono王子突然說。

　　Papo告訴Lono王子另外一個海灣沙灘的事說：「王子，經過這麼多次卻都因為太匆忙而沒注意到這裡，要不是Avas在沙灘上撿貝時發現這裡，大概我也不會注意到。

　　Lono王子站在沙灘上，環顧一下四周，喃喃地說道：「Takili河，大濁水溪，難道這裡就是Kidis嗎？」

　　「不會吧？這裡明顯小了一些。」Papo質疑說。

　　「先祖來到這裡人數也不多。」Lono王子笑笑說。

　　Papo看著海灣沙灘，Lono王子又說：「以後村民可以到這裡來。」

　　「是。」Papo點頭說。

　　「我要去看Pilanu了。」

　　Lono王子的船繼續往Takili河划去，在Takili河外的沙灘上，眼尖的村民看見了Lono王子，爭相走告著。Lono王子走進村落，在村落裡和村民閒話家常。

　　「看來大家都還很習慣。」Lono王子欣慰地說。

　　「這裡海吹不進來，避風好。」村民喜開顏笑說。

「是啊，昨天我才和大濁水溪的村民在海上碰過面，他們也說了山壁擋著，村落很安靜的。」村民又說。

「Avango來了，就住在前面的大海灣，那個海灣我給它取名浪速海灣。」Lono王子說。

「是啊，浪速，那裡暴風雨來了，船隻都停在那裡。」村民點頭想著說。

「王子，我以為你會讓Saya先過來。」Api突然說。

「怎麼？想念她了？」Lono王子眨眨眼笑著說。

「又在笑我了。」Api噘著嘴說。

「這次大地震動大家有感覺嗎？」Lono王子關心地問說。

「大地震動了？只是輕晃了一下，沒什麼感覺。」村民想了一下說。

「看來到這裡是正確的選擇，至少可以避開大地震動的災難。」Lono王子點點頭說。

「也許吧。」Pilanu輕聲說。

「對了，以後要找我可以不用坐船，直接從浪速海灣的河谷爬上去就可以了。上次我從那裡下來的時候都做了記號，派巡守隊去就可以了。那條河的出口是Karewan村，找Zawai派人傳話給我。」Lono王子說。

「原來那座山可以到Karewan村啊？」Api驚訝地說。

「其實Karewan村和浪速村落原本就是同一座山，只是在不同側面而已。」Pilanu解釋說。

「沒錯。」Lono王子肯定地說。

村民拿酒過來了，熱情地說：「王子今晚在這裡過夜，喝喝酒，消消愁。」

Lono王子笑了，Pilanu也笑了。

58.大海嘯前兆

　　水晶一個人在沙灘上走著，走累了就做在礁岩上看著大海。以前在海裡都不覺得大海很美，現在怎麼突然覺得大海好美呢？水晶心裡想著Lono王子，不知不覺地臉上漾著甜蜜的笑容。，突然一陣晃動，沙灘裂開了，村民很慌張地趕緊跑到山坡上去。水晶看著這一切景象，剛才的震動來自大海，她發現海水不對勁，樹林裡的飛鳥、沼澤裡的鷗鳥都群飛四起。水晶告訴其中一個在海岸巡邏的巡守隊員回報Lono王子，大災難要來了，趕快疏散村民不要逗留海上。巡守隊立刻前往市集裡走去。

　　巡守隊四處找尋Lono王子，集會所、祭司府，都不見蹤跡。大祭司收到巡守隊的訊息，立刻來到沙灘找水晶想知道情況。原來Lono王子在河流的大草原山洞裡沉思呢，聽見村民嚷嚷大叫擾亂了Lono王子，Lono王子走出山洞來到樹林裡問村民。村民把巡守隊的訊息告訴他，他立刻趕往海岸山坡。

　　「找到Lono王子了沒？」水晶說。

　　「還沒有。」巡守隊員說。

　　水晶看著大海湧現著不穩定的波浪，心裡乾著急。村民因為沙灘有裂縫，所以沒有停留在沙灘。

　　大祭司來到海岸邊，看見水晶一個人，問道：「你發現什麼嗎？」

　　水晶回頭看著大祭司，皺著眉說：「剛才那個震動把沙灘震裂了。」

　　大祭司往沙灘一望，果然看見裂縫。

　　「要趕快疏散村民退到沙灘外，全部都集中在海岸山坡或者是

草原樹林裡。」水晶說。

「Karewan村會受到影響嗎？」大祭司詢問說。

「Kirippoan村的沙灘，你想會受影響嗎？」水晶反問說。

「Lono王子來了。」巡守隊員說。

「在哪裡？」水晶張望四周說。

「正在路上。」巡守隊員說。

水晶想回頭去找Lono王子，正看見Lono王子走過來。

「什麼事，你這麼急找我？」Lono王子困惑不解地說。

Lono王子看著大祭司和水晶，眼神裡打著問號，大祭司一臉肅穆地說：「王子，大地震動把沙灘震裂了。」

Lono王子看著裂開的沙灘，喃喃地說：「這就是大災難？」

「不，還有更大的在後面。你看，大海遠方！」水晶提高聲調說。

Lono王子看著大海遠處，驚呼道：「這大海怎麼一點浪都沒有？」

水晶靜靜地沒有說話，忽然間，Lono王子看見大海彷彿瞇成一直線，若有所悟，果決地說：「大祭司，吩咐下去，所有人撤離沙灘，船隻移往高處或河流上游。」

大祭司轉身交代巡守隊，巡守隊立刻傳話下去。

「通知Zawai，Karewan村的沙灘全數禁止村民逗留，船也移往河流上游去。」Lono王子下令說。

「是。」大祭司輕聲答說。

「Kirippoan村村民也全都撤離。」Lono王子繼續吩咐說。

「你感應到了？」水晶驚訝地說。

「沒有。」Lono王子搖頭苦笑說。

「王子，我去巡視村落。」大祭司突然告辭說。

　　Lono王子看著大海，嘆著氣感傷地說：「啊，這次真的逃不過災難，終於要來了！」

　　「至少你的村落已經建好了，可以減少一些村民受傷。」水晶安慰說。

　　「這就是……你的任務？」Lono王子遲疑了一下，質疑說。

　　水晶笑笑，沒有回答。

59.化成水晶的淚珠

　　在海上航行的船隻很快地被警告要趕快離開海面及沙灘。看著分裂的沙灘，村民也不得不信這是海神的傑作，及天神的警告。最後一個村民從外海上回來的時候，原本平靜的海面突然升起一條龍的長浪從遠方而來。

　　這時候在岸上的村民都看傻眼了，驚呼道：「快，快上來！」

　　大夥退居海岸山坡，不敢太靠近沙灘。Lono王子要村民回到住所及大草原和樹林邊緣避難，Zawai要巡守隊加強防範村民獨自跑到海邊去，另外派人沿著河流爬過大山傳話給Avango。這個時候海中怪物出現了，然後海中怪物變成一個美男子站在沙灘的大海中，一條龍的巨浪越來越接近了，巨浪越來越急促地撲向沙灘和海岸。這個化身美男子的海中怪物一下子被大巨浪沖倒了，被捲入海底了。沙灘上的一切毀了，浪也迫近海岸山坡，濺濕了矮木林。

　　Lono王子和大祭司等人退後了幾步，大祭司喃喃地說道：「是這個嗎？」

　　大祭司立刻搖起法器，尋求神啟。結果從海上瞬間濺起一道水花奔向天空，天空散落一灘水雲，水雲忽然又降下了來。

　　「下雨了。」村民紛紛躲進了屋內說。

環顧四周之後，Lono王子說：「看看有沒有人受傷？」

「是。」巡守隊員應了一聲。

Lono王子和大祭司回到集會所等待。就在集會所前接到巡守隊來報說有人掉進沙灘裡去了，卡在岩石縫裡。Lono王子立刻趕過去，發現村民因為海浪的沖激而昏倒了。被海水猛力沖刷的沙灘有些鬆軟，沒人敢下去。眼看著昏厥的村民掛在岩石上，岸邊等待的家人無助地喊叫哭泣。

Lono王子看到這情形，立刻轉身對巡守隊員說：「拿條繩子來。」

Lono王子接過巡守隊員找來的繩索之後，一頭綁在自己腰際上，一頭給巡守員隊拿著，自己就走向沙灘。每踩一步，腳都深深下陷，刻印很深。Lono王子換個方向，終於來到岩石堆，抱起昏倒的村民。

村民突然甦醒，睜開眼睛說：「王子，是你？」

村民說完又昏倒了，Lono王子於是抱起村民離開岩石堆。此時Lono王子看見水晶也站在沙灘上，水晶用法術鋪了一條橋，輕聲說：「走吧。」

「謝謝。」Lono王子對水晶說出這句話之後，水晶流淚了。

水晶流下的淚珠化成一顆顆細小的亮晶晶的水晶散落在沙灘上，沙灘立刻閃亮生輝起來。

「哇！這是什麼？」村民驚疑大叫說。

Lono王子回頭看著沙灘上的水晶，愣住了，怔怔地佇立在原地，直到他手臂上的村民醒來，使他如夢初醒地將村民放下來，村民虛弱地站立著。

「你沒事吧？」Lono王子轉頭看著水晶說。

「沒事。」水晶輕聲說完話就潛入了水中。

大祭司搖著法器，一邊喚了一聲：「王子。」

「什麼事？」Lono王子茫然地說。

「水晶神離開了。」大祭司輕聲說。

「這是怎麼一回事？」Lono王子不解地說。

Lono王子感到不可思議，一個海上巨浪把水晶弄消失，沙灘和沙洲也沖成一整片平坦地面。

「這是方便村民活動啊，以後在村內就可以自由走動，不需要再靠著船來往，除了出海以外。」大祭司說。

「Zawai那邊怎麼樣了？」Lono王子詢問說。

「我立刻派人去打聽。」大祭司答說。

就這樣，村民離開海岸山坡，在市集裡穿梭著，準備回住所休息。

這一波可怕的巨浪倒是把Zawai嚇倒了，他除了立刻要村民退居草澤區外，甚至要大家疏散到樹林裡避難，禁止村民到沙灘活動，整個Kirippoan沙洲被大浪襲捲沖毀。

巡守隊從Binabagaatan村得來消息，向Zawai報告說：「Lono王子要你回報。」

Zawai立刻返回集會所集合祭司和巡守隊做彙報，寫了一片書簡交給巡守隊。

「立刻傳給Lono王子。」Zawai交代說。

另外，在浪速海灣村落的村民突然發現海水高漲時，都奔相走告。Avango也要求村民暫時不要出海，他自己一個人則在河谷山坡眺望著大海，觀察動靜。直到巡守隊回報Zawai的訊息時，Avango才發現原來這海浪挑高是因為Torobaun村和Kirippoan村有巨浪出現。同時，大濁水溪口和Takili河口的村落，所有村民都被Papo和Pilanu要求不得進出大海工作。這樣一來，山坡上，河谷

邊，一時之間聚集了眾多村民，成了村民主要活動來往的場所了。

「不知道Torogan村怎麼樣了？」Api站在Pilanu旁邊說。

Pilanu看著河谷，良久沒有說話。突然間，Pilanu發現在峽谷山壁附近似乎出現人影，於是臉色大變，神情緊張起來。

「怎麼了？」Api輕聲說。

「有人來了。」Pilanu低聲回答說。

Api和Pilanu看到山壁窄路上走出了一個人，Pilanu定睛細看，認出是自己人，才大大地鬆了一口氣。

「是巡守隊，怎麼會在這裡出現呢？」Pilanu困惑不解地喃喃說道。

Pilanu走下河谷，問巡守隊員說：「你怎麼會在這裡？」

「我從大濁水溪爬山過來的，Papo有話要告訴你。」巡守隊員答說。

Pilanu接過Papo的竹簡，邊看邊點頭說：「原來是這樣。」

Pilanu帶著巡守隊員回村落休息，Api在回家路上忍不住問道：「怎麼了？」

Pilanu沒有回答Api。一路走回家，趕忙寫好回信，然後把寫好的竹簡交給巡守隊員。

「麻煩你了。」Pilanu慎重地說。

村民發現河谷有很多狹小山壁可以爬到山頂上去，從此這成為新的來往通道，從Takili河和大濁水溪的村民開始在河谷兩岸發展，山林的峭壁風景和大海美景一樣令人嘆為觀止，彩蝶在山谷中不停地飛舞圍繞，清脆的鳥鳴和蟲獸的叫聲成了空谷中的回音。

Papo收到Pilanu的竹簡之後立刻交給巡守隊員回報Avango，這段時間三個村落的村民只能在山谷或河谷之間逗留，千萬不能跑到沙灘低地去。大祭司在祭司府重新祭天神，可是卻得不到任何訊

息,難道災難已過去了嗎?Lono王子從集會所回到住所休息,他至今仍困惑於水晶突然消失的奇怪景象,卻不知道水晶潛入水中之後遇見了海中怪物,兩個人相偕而去。

Abas端著一碗魚肉飯來到Avango身邊,輕聲說:「吃點東西吧。」Avango看著她,嘆息道:「想不到這次大巨浪連這裡都感受得到。」

「你應該高興避過災難了啊。」Abas安慰他說。

「不,我不能讓Lono王子一個人去承擔。」Avango眼神堅毅地說。

「放心,王子不會一個人,還有Zawai幫他啊,你的工作就是穩住這裡的村落。你和Papo還有Pilanu,要做王子最好的後盾,這樣王子才能放心地做他該做的事。」Abas提醒說。

Avango看著Abas,眼神裡充滿愛意和感激,Abas只是微笑點點頭。

話說害怕大海重新掀起大浪的村民都停留在村落休息,暫時禁止海上捕撈作業,有些村民偶爾會到河谷中練練身體。

Avas從河谷回到村落,Papo問她說:「村民還在河谷活動嗎?」

「是啊,現在海水未退,大家不能去海灘活動,有河灘可以走動也算不錯了。」Avas笑笑說。

Papo沒有說話,低著頭不知在想些什麼。

「不知道Saya怎麼樣?」Avas突然說。

「應該很好吧。」Papo淡淡地說。

Papo凝視著Avas,Avas也迎著他的深情目光,兩個人都深深體會到能彼此廝守有多麼幸福。

送信的巡守隊員到達Karewan村已接近太陽昏黃的時候,Zawai

要他暫時留下休息，改派另一位巡守隊員連夜趕到Lono王子的住所報告。

60.春宵一夢

Lono王子坐在在屋內愁思著，突然說：「Saya，你說這該怎麼辦？」

「你已經盡力了，至少村民都保住了。」Saya安慰說。

「村落都沒有人受傷嗎？」Lono王子又問。

「沒有。」Saya說。

巡守隊員在屋外等候，Lono王子驚了一下說：「這麼晚，還有什麼事？」

Lono王子說完就走出屋外，巡守隊員報告說：「王子，這是Zawai要給你的竹簡。」

Lono王子接過竹簡，揮揮手說：「辛苦了，回去休息吧。」

Lono回到屋內，Saya拿過竹簡攤開，問說：「這是什麼？」

Lono王子看了看竹簡上的象形符號說：「看來大濁水溪那裡海水也漲了起來。」

「不過也都平安度過了。」Saya嘆息道。

Lono王子怔怔地看著屋外，心裡想什麼沒人知道。今晚Lono王子做了一個夢：夢中看見水晶來找他，水晶站在沙灘上對著他笑，Lono王子想向前擁抱水晶，水晶身上的光卻阻隔了兩人。

「你身上怎麼會有這麼強的光？」Lono王子問說。

「我是海底幾千年的水晶修煉而成的神仙，身上難道不該有光嗎？你看過不發亮的水晶嗎？」水晶嫣然一笑說。

Lono王子靜靜地看著她，表情迷離失神。

「你要將沙灘上的村民全部撤離，沙灘只能作為生活區域，不能建立村落。」水晶說。

「我要怎麼做？」Lono王子茫然地說。

「你已經做了。」水晶笑笑說。

Lono王子很想觸摸水晶，水晶感應到了，收起光芒，靠近他，給他一個吻，Lono王子緊緊地抱住她。

「我該走了。」水晶幽幽地說。

「你要去哪裡？」Lono王子依依不捨地說。

「海底。……你要好好珍惜Saya。」水晶柔聲說。

水晶放開了Lono王子，Lono王子被嚇醒，坐了起來。

「怎麼了？做噩夢了？」Saya被驚醒說。

Lono王子看著Saya，沒有說話。

水晶利用自己的法力觸動了Lono王子被海神知道了，海中怪物男來警告她。

「膽子真大。」海中怪物男斥責道。

「你說什麼？」水晶怒目而視說。

「你瞞不過海神的。」海中怪物男也回瞪她說。

水晶沒有理會他。不多久，海中怪物男把海神的話帶到，水晶被禁足了。

海底的世界就是這麼奧妙，沒有人猜得到在這一大片海有多少劫難？是不是所有村落王子都這麼辛苦呢？

Lono王子看著Saya，Saya抱著Lono王子，無限深情。

「不管發生什麼事我都會在你身邊。」Saya輕柔地說道。

Lono王子握著她的手，Saya抱著他，靜靜地聽著他的呼吸聲，屋外傳來黑夜裡的海浪聲。

61.尋找更好的棲身之所

大海浪沖走了沙洲上的一切，各種生活資產和房屋，沖不走村民的意志和決心。海嘯過後一段日子，村民的生活又活躍起來了，許多人湧到沙灘上，揹著竹簍捉蝦抓蟹，腳印雜沓。

大祭司把祭司府的東西打包好，準備要搬到Karewan村的祭司府，以後這裡專門做祭祀活動之用。海岸山坡的村民也陸陸續續搬遷到巨大河流那裡，村屋不夠的立刻趕工建造，在這裡的村屋也將變成村民打獵勞作的休息處所，以及儲存和製作食物的地方。

Lono王子派人給Avango傳話，分別在三個村落加建村屋。在河谷有石板和石塊建屋容易，茅草較少，必須從原村落運過來。Avango在竹簡上這麼說。

「Zawai，能夠收穫多少茅草就收多少，趕快運到Avango他們那裡去。」Lono王子吩咐說。

Zawai看著Lono王子，猶疑地說：「但是，這裡新建的村屋也需要用到，恐怕不夠。」

「只好拆屋重建了。」Lono王子想了一下說。

巡守隊將破舊的村屋拆除之後保留好的材料運過去。

「這裡就麻煩你照顧了。」Lono王子突然拍拍Zawai的肩膀說。

「王子，你又要去哪裡？」Zawai大吃一驚說。

「到浪速海灣看看，你知道怎麼找我。」Lono王子笑笑說。

Lono王子上了船之後，巡守隊員立刻將船划離開沙灘。

大祭司走過來，Zawai垂頭喪氣地問道：「大祭司，王子是要放棄這裡嗎？」

「王子不是放棄，是要找更好的地方棲身。」大祭司安慰他說。

　　Zawai和大祭司同行來到集會所，大祭司坐下，環顧四周說：「以後這裡就是重要的庇護所，無論是現在最主要的村落，或是這座山後面的浪速海灣及河口村落，萬一海上遭遇到了非船隻的攻擊，村民也有了保護。」

　　「大祭司的意思是真會有人來攻擊這裡嗎？」Zawai憂心忡忡地說。

　　「這要看Basay人帶給我們什麼消息。」大祭司語焉不詳地說。

　　看著這一大片平坦的沙灘，過去村民的腳印遍布，村民的身影在海面上一下低頭一下挺身地辛勤勞作著，大海無情地奪走了一切，卻又帶來了無限資源，究竟大災難是好還是壞呢？誰也說不清楚。

62.Taroko人襲擊村民了

　　距離大海浪襲擊三個月過去了，村民的生活作息依然如往常，在Takili河的村民在附近海灣找到一個棲息的好地方，可連接Takili河的沙灘。在連接大濁水溪附近的沙灘，這一帶海域變成村民最活躍的區域，大濁水溪靠著河流間的山坡穿梭其中。但不幸的是，有一天Takili河的村民在河谷中採集的時候碰到了Taroko人的襲擊。根據村民的描述，應該是Taroko王子說的另一個村落的村民。沒有王子的許可下，Pilanu只好讓巡守隊員守著，自己去Karewan村向Lono王子報告這件事，另外派人通知Papo要巡守隊加強山上的安全守備。

　　「你真的要去Karewan村？」Api驚訝地說。

　　「這件事非同小可，我一定要親自向王子報告。」Pilanu一臉肅穆地說。

　　Pilanu在浪速海灣村落和Avango見面之後就繼續沿著河谷往山坡上去，Avango也命巡守隊加強山上的守備。

　　Lono王子在河流上巡邏著，船上的他露出陽光般的笑容。經過了這麼久，這裡好像恢復了過去的生活，舢舨船也已經可以在沙灘上靠岸了。看著村民忙碌的身影，紅通通的臉蛋好比太陽的光芒，辛苦栽種的菜足以溫飽一家人，這一切都令人非常欣慰。

　　Lono王子看見海上有許多優游跳躍的魚，他興致一來對著身邊的村民說：「怎樣？比賽一下？」

　　「比賽刺魚？」村民遲疑了一下說。

　　Lono王子拿起長刀往水裡看準然後一刺，魚被刺中了，在刀尖上猛力擺動著尾鰭，鬥得大夥哈哈大笑，Lono王子也笑了。正當村民們玩得不亦樂乎的時候，Zawai來到沙灘上。

　　「王子在哪兒？」Zawai詢問沙灘上的一群村民說。

　　村民指著正在拿著長刀刺魚的Lono王子，Zawai隨即走過去加入觀賞行列。

　　「王子很久沒這麼開心笑了。」Zawai觀看著，不禁發出感嘆說。

　　Lono王子放下長刀，看著Zawai說：「是啊，是很久沒這麼開心了。你要陪我一起抓魚嗎？」

　　村民開始起鬨，要他倆比賽一下。

　　「王子，現在不是時候。」Zawai囁嚅地說。

　　「為什麼不是時候？」Lono王子不解地說。

　　「Takili河那邊好像出問題了，Pilanu在Karewan村的集會所等你。」Zawai解釋說。

　　「Pilanu來了？」Lono王子說。

　　「是。」Zawi點點頭說。

「那一定很嚴重，Pilanu都親自來了。」Lono王子說完對著村民說：「我去看看，下次再來比賽。」

村民立刻舉手歡呼，高高興興地議論著。

Lono王子和Zawai將船划回村落，船一靠岸就看見了Pilanu。

「我不是叫你在集會所等嗎？」Zawai有些驚訝地說。

「沒關係，Pilanu。什麼事，這麼急？」Lono王子詢問說。

Pilanu低著頭沉吟一會兒，又抬起頭，卻支支吾吾地說不出話來。

「這樣吧，今晚你在村落住一晚，有什麼事，明天再說。」Lono王子通情達理地安慰說。

「王子，Taroko人襲擊村民了。」Pilanu訥訥地說。

「什麼？」Lono王子和Zawai齊聲驚呼道。

「不會吧？Taroko王子答應過不會讓他們的村民傷害我們的，這裡也是一樣啊。」Lono王子驚疑不定地說。

Lono王子說完瞧了Zawai一眼，Zawai也點點頭。

「這次恐怕不是Taroko王子所能控制的，是Takili河另外一個村落的人做的。」Pilanu看著地面輕聲說。

「這下嚴重了。」Lono王子嘆了一口氣說。

今天晚上Pilanu在Lono王子的住所內詳細說明了村民的狀況，和村落的現況。究竟Lono王子要怎麼做來化解危機呢？海風一陣一陣襲來，有點鹹，有點腥，這是千萬年不變的大海的氣息。

63.同去Takili河的村落

當Panaut村的村民正在和Taroko人交易貨物的時候，Lono王子告訴Zawai說：「找一個Taroko村民給我。」

Taroko村民一聽到Lono王子找他立刻飛奔過來說：「王子又有什麼事吩咐嗎？」

「你知道你們Taroko村落有多少個嗎？」Lono王子詢問說。

「這個……？」Taroko村民猶豫了一下，心裡一邊計算著。

Lono王子看著他，耐心等候答案。

一會兒後，Taroko村民繼續說：「要說村落是很多，只是每個村落都有一個村落王子領導著，像這條河的上游村落就是我們王子在領導。你是知道的，這一大片山巒，大小河流、溪流不少，王子不可能管得了全部村落，所以才會分區領導。」

「那麼Takili河上游的Taroko王子並不知道我和你們王子的協定囉？」Lono王子詢問說。

「大概不知道。」Taroko村民想了一下說。

「我有一件事想請你們王子幫忙。」Lono王子溫和地看著對方說。

「什麼事？」Taroko村民有些驚訝地說。

「把這個竹簡交給你們王子。」Lono王子慎重交代說。

「一定，我一定辦到！王子，自從您開放村落給我們Taroko人交易以來，對村落獲益不少。」Taroko村民熱誠地說。

「那就先謝過了。」Lono王子拱拱手說。

Taroko村民拿著Lono王子的書簡離開了。

Zawai看著Taroko村民離去之後皺著眉頭對Lono王子說：「這樣沒問題吧？」

「Taroko商人和我們和平交易這麼久，算是非常難得。」Lono王子點點頭說。

Lono王子隨即在Panaut村逛了起來，突然問道：「Pilanu呢？」

「在集會所。」Zawai答說。

「是划船還是爬山過來的？」Lono王子隨口問說。

「走山路從這條河谷回來的。」Zawai說。

「看來是時候了，你去準備一下，我要去Takili河的村落。」Lono王子吩咐說。

「搭船？」Zawai詢問說。

「不，走河谷。」Lono王子突然振奮起來說。

Zawai和Lono王子站在樹木茂密的河流邊緣環顧周遭景色，森林小溪，流水淙淙，令人神迷嚮往。

巡守隊員告訴Pilanu說Lono王子準備要去浪速村落了，Pilanu開始準備隨身物品。

不久，Pilanu一路來到Lono王子的住所，Saya看見他，吃了一驚說：「你怎麼來了？」

「我來拿王子準備的行李。」Pilanu答說。

「我都準備好了。」Saya微微一笑說。

「咦？」Pilanu輕嘆一聲。

「這次我要跟你們去。」Saya語氣溫和卻堅定地說。

「不行，這次我是爬山過來的，沒有駕船。」Pilanu遲疑了一下說。

「你怕我走不動？」Saya揚楊柳眉說。

「王子不會答應的。」Pilanu囁嚅地說。

「那我們現在就去河流等他。」Saya高起興來說。

Pilanu拗不過Saya，只好讓她跟著，在河流邊Saya期待的森林之旅就要開始了。

集會所裡，Lono王子慎重地把所有事情都交代給了Zawai和大祭司。

　　大祭司對Lono王子說：「王子放心，一切會很順利的，剛才我對天唸了個咒語，天神反應很好。」

　　「謝謝你。」Lono王子說完，就離開集會所。

　　正當Lono王子打算返回住所收拾行李時，巡守隊員告訴他Saya和Pilanu在樹林那邊等他，已經等候良久了。

　　「Saya在那裡做什麼？」Lono王子吃了一驚說。

　　「Saya好像要跟王子一起去。」巡守隊員猶豫了一下說。

　　Lono王子感覺不對勁，立刻往河流方向走去，果然看見Saya和Pilanu在那裡。

　　Lono王子一到，看見Saya早已把行李都打包了，嗔怪地說：「你不能去。」

　　「為什麼？」Saya噘嘴不依地說。

　　「山路很危險。」Lono王子又急又氣地答說。

　　「我不怕！」Saya挺起胸膛，吸口氣，大聲說。

　　Lono王子和Saya兩個人僵持不下，最後只好讓她去了，Zawai也派了巡守隊跟著去。Lono王子和Saya及Pilanu向Zawai揮手道別之後從樹林出發，沿著河流往大山裡面走去。一路上風景怡人，空氣也很好，沿路來滿山滿谷的果子，鮮花的芬芳撲鼻而來，在風中吹過的花香特別清爽。

　　Lono王子看著Saya陶醉在這山林美景之中，突然湧起憐惜之情說：「休息一下吧。」

　　「咦？」Saya迷惑不解地驚呼了一下。

　　「喝口水，歇歇腿。」Lono王子笑一笑說。

　　「我去採幾個果子來吃。」Pilanu識相地暫時走開說。

　　Saya坐在路旁的大石頭上，Lono王子坐在她旁邊，遊目四顧，景色美不勝收。

「唉，我們好久沒有這麼清閒地欣賞風景了。」Saya嘆息著說。

Lono王子牽起她的手柔情安慰說：「會有機會的，這件事處理完，我一定會陪你坐在這麼美的地方看風景，看著天上的雲，聽風聲，聽鳥鳴。」

「恐怕會是很久以後吧！」Saya粲然一笑說。

「不會很久，到時候也可以帶著我們的孩子一起來。」Lono王子凝視著她說。

Saya害羞地笑了，Lono王子摟著她，此時無聲勝有聲。Pilanu拿著採回來的果子靜靜地站在遠方看著他們，Pilanu想起了Api。

64.勇士們登山訓練體力

浪速村落由海灘開始向河谷裡日建擴展，在兩條河流之間，村民似乎又找回了當年的Baagu村。

Lono王子從河谷走下來看到這一片景象，欣慰地說：「想不到村民這麼快就適應了，原本我還非常擔心呢。」

「擔心什麼？我倒是擔心王子把我們給忘了。」Avango朗聲傳來這句話。

Lono王子看著Avango和身旁的一群村民，驚訝得不得了，眼睛睜得大大的。

「你們……」Lono王子一時啞口無言了。

「很驚訝吧！現在天色也暗了，先進村落，慢慢說給你聽。」Avango開朗地笑著說。

Lono王子和Saya隨著Avango走進村落，Abas早已和村民準備好食物。

「今晚你可不能推辭喔，一定要陪我喝兩杯。」Avango拉著

Lono王子的手臂說。

Lono王子笑笑地看著Avango說：「這裡的確越來越像Baagu村了，看看，這一片河谷和海岸山坡，真像。」

「是啊，還可以越過這座山到大濁水溪河谷，就像從Tupayap村到Sinahan村一樣。」Avango點頭笑著說。

「不對，村民都說應該是Binabagaatan村。」Abas插嘴說。

「對了，Papo那裡還好吧。」Lono王子突然想起來說。

「聽他說沒什麼干擾，至於Taroko人也遵照王子和Taroko王子的協議，都在河流的上游，也就是入山口，和他們做交易也不越線，村民都很遵守，Taroko人也很規矩。」Avango陳述說。

「那麼說來就剩下Takili河的問題了。」Lono王子沉吟了一下說。

「Takili河？對了，上次我聽Pilanu說了，我也嚇了一跳，當時想，Taroko人怎麼可能這麼做？是後來我隨著村民到Taroko商人交易的地方才知道，原來整座大山的Taroko的王子不止一個，他們都分別帶領自己的村落。」Avango解釋說。

「我就是為了這件事情來的。」Lono王子嘆息著說。

「你打算怎麼做呢？」Avango詢問說。

「不知道。」Lono王子淡淡地說。

Lono王子看著巡守隊員正要去巡視，問道：「他們到哪裡去？」

「他們是要去輪流戍守，因為這裡有大山和海岸，所以我遵照過去巡守隊的方式，在村落四周都架設了高架台，輪流看守，其他的就在村落負責。」Avango解釋說。

「原來你設了高架台，所以才這麼快就知道我來到村落了。」Lono王子恍然大悟笑著說。

「這是其中一個原因啦!」Abas走過來,插了一句說。

「什麼?」Pilanu不明所以地說。

「其實,從這裡到Karewan村只要爬過這座山就可以了。為了訓練勇士們的體力,我和Zawai兩個人都有共識,每天都有巡守隊在這條路訓練自己。這次就是他們回來告訴我的。」Avango說明了一下。

「Avango,你把這裡帶領得很好。」Lono王子讚嘆鼓勵說。

「光說話也不行,吃點吧。」Abas殷勤地招呼大家說。

Abas和Saya相視一笑,兩個人都露出了幸福的笑容。

深夜裡,夜行的動物們依然活躍著,山坡上有許多星光照亮著山路,河水和海水照映著天空的星光像碎鑽一般閃亮。

Saya來到Lono王子身邊,柔聲問道:「還不睡?」

「睡不著。」Lono王子輕聲說。

「在想什麼?」Saya問說。

「如果村落能夠像這樣永遠平安不受干擾地生活下去多好。」Lono王子若有所感地說。

「你已經盡力了。」Saya安慰說。

「是嗎?」Lono喃喃地說。

「也許先祖也不知道這裡除了我們還有Taroko人以外的族群,甚至海上還有其他人。」Saya開解說。

「是啊,海上還有其他人,難道不能平安共處嗎?」Lono感嘆地說。

Saya緊緊地摟著他,沒有說話。

屋外響起了風聲,飄向山壁,和雨聲合奏掩蓋了草叢裡的萬獸腳步聲。

65.帶來Taroko王子的書簡

　　昨天夜裡下了場不小的雨，河谷的水流變多了，大海依然發著閃亮的光芒。

　　Lono王子等人向Avango作別，準備繼續往下一個村落探訪。Avango站在沙灘上目送著Lono王子離去，Avango露出無比愉悅的笑容，Lono王子也露出笑容。這時候，日近黃昏，海面上映照著繽紛豔麗的晚霞光輝，光線由金黃漸漸轉紅，轉暗。舢舨船航行在海岸礁岩附近的內海一帶，對岸的山坡林木蓊鬱，此刻正像披上彩衣的少女，炫耀著一身的亮彩，泛紅，泛黃，泛綠，泛紫，泛橙，色彩幻化交疊，襯托著波光粼粼的海面，以及天空的美麗雲霞。原來天神賜予我們的陸海空色彩都是一樣的美，只是我們疏忽了。快到大濁水溪口了，村民在海岸邊的生活場景又已經恢復得一如往昔，沙灘上村民留下的雜沓腳印和他們在Torogan村沙灘上留下的腳印不正一模一樣嗎？

　　村民看見有船隻過來，看清楚了之後不禁歡呼起來：「看，Lono王子來了！」

　　Lono王子在沙灘靠岸，看著這一切比想像中的還好，心中無限寬慰。

　　這個時候Avas正好從海灣另一頭走過來，遠遠看見Lono王子一行人就快步跑了過來。

　　「咦？Saya。」Avas高興地叫了一聲。

　　Saya回頭看她，驚訝地說：「你在那裡做什麼呀？」

　　「那裡也有一條河流和海灣，從這裡的沙灘走到Takili河那裡很近，就像以前的Torobuan村沙灘到Torogan村沙灘一樣。」Avas

開心地解釋著。

「看來這裡一切都很好。」Saya拉著Avas的手，粲然一笑說。

「是啊，河谷裡，山坡上，到處都有藥草可採，村醫也放心了很多。」Avas說著拿竹簍給Saya看。

「Papo呢？」Lono隨口問說。

「大概又在村落巡視了。」Avas答說。

Lono王子隨著Avas走進村落，Pilanu早先一步來找Papo了，Papo此刻正在村落外等待Lono王子。

「王子。」Papo點頭招呼說。

「看來你把這裡照顧得很好。」Lono拍拍他的肩頭說。

「都照王子說的去做。」Papo覥腆地說。

「不，不，這都是你們的功勞啊。」Lono王子搖搖頭又點點頭說。

眾人一起在村落裡走了一個來回。這個美麗的村落，有著河谷、山坡和寬廣的沙灘，確實是先祖嚮往的地方啊。

Avas拉著Saya從海岸山坡往山頂上跑，Papo喊了一聲說：「別走遠！」

「放心啦。」Avas一邊跑一邊回頭答了一句。

Saya被Avas拉著走，Avas興高采烈地導覽說：「你看，在這裡可以看到大海，這邊就是我剛才說的河流，下方的沙灘都連在一起了，一直到這裡來。」

「這裡真的是好美的大海。」Saya看得目炫神迷地說。

一名巡守隊員來報說：「河流上有Taroko人要見Papo。」

Papo很意外，滿臉狐疑地說：「不會是要見我吧？」

「你去看看吧。」Lono王子明快地說。

Taroko人在河谷上游安分地站立守候，等待著Papo的來到。

　　幾個村民戒慎恐懼地觀察著說：「他好像真的有事要找Papo。」

　　Papo來到了兩村落的交易地點，Taroko人把一張書簡拿給Papo說：「這是我們王子要給你們王子的書簡。」

　　「原來是要給王子的。」Papo低聲地說。

　　Taroko人沒有多說話就走了。

　　Papo離開河谷上游之後，慎重地對巡守隊員說：「我們一回去村落就把書簡拿給Lono王子看。」

　　「Taroko王子寫了些什麼？」巡守隊員好奇地問道。

　　「不知道，回到村落就知道了。」Papo答說。

　　「唉，王子們總是很神祕。」巡守隊員聳聳肩說。

　　不久之後，Lono王子和Saya及Pilanu來到了村落集會所，這裡的村落和往常一樣沒什麼改變，村民依然辛勤地從事各種勞作，在沙灘上，在海岸礁岩和河谷之間，日復一日地為生活打拚。當然，這一陣子仍時不時地有Taroko人過來侵擾，村民對此也感到很困擾。

　　Lono王子來到村落集會所的第一件事就是聽巡守隊的報告，他問道：「山上有沒有架設瞭望台？」

　　「有。」Pilanu點頭說。

　　「我要去看看。」Lono王子說完對著Avas說：「你陪著Saya。」

　　然後，Lono王子和Pilanu就帶著巡守隊往山上去了。

　　Saya看著Lono王子又再次忙得幾乎忘了自己，不免抱怨說：「每次都這樣！」

　　「其實王子還是很關心你的，要不然怎會叫我陪著你呢。」Avas勸慰說。

「Avas，在這裡有什麼新鮮的事嗎？」Saya說著甩甩頭，想甩掉不快。

「有啊，我們現在就去海岸山坡看看，順便採採野菜。」Avas開心地說。

「這裡的大海和Torobuan村一樣嗎？」Saya好奇地說。

「一樣，一樣。」Avas大聲笑著說。

兩個人高高興興地往海岸山坡走去。

66.夢幻岩石

Lono王子在山坡上眺望著，山壁陡峭得有如被誰用刀削斧砍過，河床上大石林立好似將士列陣，蒼翠的樹林，翱翔的飛鳥，這一切美得如詩如畫，而畫的背景是空闊的天空，還有天空上絢爛繽紛的晚霞。

「Saya呢？」Lono王子突然想起Saya來，轉頭詢問Pilanu。

「大概和Avas在一起吧。」Pilanu隨口答說。

「看到這美麗的景色，Saya一定會感動。」Lono王子嘆息著說。

Lono王子遊目四顧，如醉如痴地流連張望著山坡上的一草一木，連遠處奔跑的野鹿都被瞧見了。

Lono王子問Pilanu說：「你有帶弓箭嗎？」

「咦？」Pilanu遲疑了一下，隨即伸手將巡守隊身上的弓箭取來拿給Lono王子。

Lono王子拉開弓，瞄準前方的範圍，箭一射出，有異物在樹林裡倒下，巡守隊趕緊向前觀看。

「王子果然好身手，還是百發百中。」Pilanu讚嘆說。

Lono王子微微一笑沒有回答。過了一會兒，巡守隊提著一隻

鹿回來。

Pilanu朗聲笑著說：「哇，這鹿好大。」

「這座山寬廣遼闊，林木茂盛，鹿有得吃，有得跑，當然可以養得這麼大啦。」Lono王子分析說。

「那麼說來山上的資源很豐富囉。」Pilanu笑笑說。

「也許吧。」Lono王子說。

就在Lono王子等人談得正開心的時候Papo來到了，Lono王子連招呼都來不及打，劈頭就問說：「怎麼樣？Taroko人說了什麼？」

「Taroko王子有書簡給你。」Papo報告說。

「是嗎？」Lono王子說。

Lono王子和Pilanu及Papo很快地離開了山上，回到了村落。

在此同時，Avas和Saya卻沿著海岸山坡順著山路走到山上來。

「快點來！」Avas興高彩烈地對落在後頭的Saya喊著說。

「山上會不會很危險啊？」Saya目光疑懼地邊走邊東張西望說。

「放心，這一帶有巡守隊看守。你看，那山壁，還有河谷。」Avas安慰她說。

「好漂亮！」Saya喜不自禁地說。

「你一定沒想到吧，山壁上還會長出花來。」Avas眼目含笑看著Saya說。

「我覺得好像在畫裡一樣。」Saya如醉如痴地說。

Saya被這眼前的美麗景象迷住了，Avas帶著她在山裡亂逛亂走的，不小心碰到了一塊岩石，這岩石忽地打開了，兩個人夢遊似地，沒有多想就走進了岩石洞裡。Avas和Saya想不到這裡面竟然別有洞天，一時被眼前的夢幻岩石迷住了，不知不覺忘記了出口的方向。

「這裡是哪裡？」Avas突然說。

「這個石洞真的好漂亮，要是能住在這裡多好。」Saya坐在石頭上環顧周遭說。

「Saya，不要再說了，我們好像迷路了。」Avas焦急起來說。

「什麼？迷路了？」Saya驚訝地說。

「這個石洞這麼長，走進去就忘記了方向，你說我們要從哪裡回去洞口？」Avas一臉沮喪地說。

Saya凝視著石壁說：「放心，慢慢找，一定會找到出口的。」

Avas和Saya就這樣在山洞裡晃來晃去地找，始終找不到來時路，最後走得兩腿發軟，累得睡著了。

67.暫時隱瞞實情

集會所裡，Lono王子看完Papo拿回來的Taroko王子的書簡，長長地嘆了一口氣後，用堅定的語氣說：「明天就要實現我的夢想了。」

「王子的夢想？」Papo和Pilanu對看了一下，茫然不解地異口同聲說。

Lono王子看著屋外，天色已漸漸轉為昏黃，於是不再多說，僅僅吩咐Pilanu等人說：「快天黑了，大夥先回去休息吧，明天還要工作，我也要到Takili河去。」

「是。」Papo點頭說。

就這樣眾人離開了集會所，Lono王子走進Papo安排的住所休息，Papo也回家去了。

過不多久，一名巡守隊員急急忙忙跑來告訴Papo說：「Avas和Saya失蹤了。」

「什麼？失蹤？」Papo大吃一驚說。

「有看見她們在山上出現，後來就沒再下山了，派了巡守隊在山上找了好多遍都沒有看見她們的影子。」巡守隊員說。

Papo開始緊張起來，猜測道：「村落……說不定她們閒逛到村落市集去了。」

「沒有，在海岸問過村民也都說沒有看見。」巡守隊員說。

「再找找，記住一定要仔細地找找，明早Lono王子要離開這裡到Takili河，Saya失蹤了，王子一定會擔心的。」Papo語氣凝重地說。

Pilanu一個人在屋外坐著，Papo神色慌張地跑來說：「Pilanu，王子呢？」

「在休息。」Pilanu回答說。

Papo放下一顆心裝作沒事說：「那你也早點休息，我走了。」

「我知道。」Pilanu淡淡地說。

Papo低著頭猶豫不決地走了幾步，又折回來站在原地發呆片刻，然後走了出去，不一會兒又走了回來。

Pilanu看著Papo鬼鬼祟祟的樣子，忍俊不住笑說：「是不是發生什麼事？」

Papo張望了一下四周，悄聲說：「到我家去談。」

於是兩個人離開了Lono王子休息的屋子，來到Papo家。

「什麼？Saya失蹤？Avas也不見了？」Pilanu驚訝地說。

「小聲點。」Papo打手勢說。

「派人去找了嗎？」Pilanu抿了抿嘴唇問道。

「巡守隊已經在山裡加強尋找。」Papo答說。

Pilanu靜靜地沒有說話，雙手撐著腦袋，陷入沉思。

「相信Avas很熟悉這裡，應該不會走遠的。」Papo故作輕鬆說。

「要是碰上了Taroko人怎麼辦？」Pilanu憂心地說。

「這裡是王子和Taroko王子協議好可自由活動的區域，只要不走太遠是不會有事的。」Papo安慰說。

Pilanu滿臉愁容地看著Papo，希望Avas和Saya沒事就好。

68.發動全面搜尋

深夜Lono王子醒來，看見床上空蕩蕩的，心裡覺得奇怪。以往只要他在，Saya一定陪在身邊，現在怎麼會不見人影呢？忖度著：「或許是Avas太久沒和Saya相聚了，兩人聊得太高興，以致忘了回來。」

Lono王子走出屋外想透透氣，不知不覺一路走到了市集。正當Lono王子獨自漫步沉思時，只見幾個巡守隊員慌慌張張地跑過眼前，Lono王子心裡狐疑，於是一個箭步趕上去擋住了他們的去路，探詢原因。然而，巡守隊員只說是例行的夜間巡視，Lono王子於是不再為難他們，一個人繼續在市集裡走著。

巧的是，這時有幾個晚睡的村民在彼此交談中說溜了嘴，聲音夠大，距離夠近，讓Lono王子聽得個一清二楚。

「你知道嗎？Avas和Saya在山上失蹤了。」村民說。

「真的嗎？」另一村民半驚半疑地說。

「當然是真的，Papo還派巡守隊在村落附近搜尋，結果四處找都找不到。」村民答說。

Lono王子聽見了這場對話，立刻上前問道：「這是真的嗎？」

「王子。」村民神情緊張地，一時語塞。

「你們快告訴我，剛才說Avas和Saya失蹤了，這是真的嗎？」

Lono王子兩眼如燈瞪視著說。

「是啊。」村民囁嚅地說。

「Papo人呢？」Lono王子發急地問道。

「本來是在住所，現在好像跟Pilanu到山上去了。」村民答說。

Lono王子隨即離開市集，快步往山上的方向走去，剛剛那幾個村民也兀自懊惱著不該多言多語，搖著頭訕訕然各回各家了。

山路上，微弱的火把照得路邊矮樹叢的葉片微微發著亮紅的光。山坡靜寂，腳步聲顯得格外清晰。

「唉，這樣找也不是辦法，大家都會累垮的。」Pilanu嘆息說。

Papo看著一臉倦容的巡守隊，突然發現自己也已精疲力竭了。

「還是讓他們先回去休息吧。」Pilanu沉吟了一下說。

Papo點了點頭說：「辛苦你們，先回去休息吧。」

巡守隊一聽可以休息，好似放下了重擔，鬆了口氣。可巧，巡守隊下了山走往村落的半途中遇見了Lono王子，大家一時驚訝得說不出話來。

「好了，我都知道了，你們快回去吧。」Lono王子揮揮手說。

巡守隊沒有多說什麼，向Lono王子低頭鞠了個躬就離開了。Lono王子繼續往山裡走去。

Pilanu和Papo繼續在樹林裡鑽來鑽去，心急如焚地搜尋著。

「聽村民說，Avas最後從河谷往樹林裡走來，這裡正是白天王子獵到一隻鹿的地方。」Papo說。

「會不會在這片森林迷路了？」Pilanu質疑說。

「現在漆黑一片，什麼也看不見啊。」Papo無奈地說。

「既然看不見，為什麼不回去？」Lono王子突然現身說道。

「王子。」Pilanu和Papo齊聲驚呼。

「你們是打算到明天都不告訴我嗎？」Lono王子沉聲說。

兩個人低著頭,沒有說話。

Lono王子走到他們中間,張開左右兩隻手分別拍拍他們的肩頭說:「回去吧,Avas和Saya又不是小孩子,會自己回來的。」

「王子,你不怪我?」Papo驚訝地說。

Lono王子看著他咧嘴一笑,Papo和Pilanu也尷尬地笑了。

69. 找到了Avas和Saya

清晨,天際尚泛著魚肚白,雲層卻漸漸亮了起來。「日出而作,日入而息」的村民陸陸續續走出了家屋,揉著惺忪睡眼,一邊整理勞作所需的用具,一邊有一搭沒一搭地彼此交談著。等到太陽露臉,日上三竿,河谷裡,沙灘上,早已到處布滿人們辛勤勞作的足跡和水印,一籃一籃的野菜頂在頭上,一簍一簍的魚裝上了船,等待和Taroko人在交易市場換取物資,大家臉上的笑容早已融化了敵意。

河谷邊熱鬧不已,群鹿在山坡上奔跑,黑熊的腳印,野猴子的撒野,群山飛過的雛鳥展翅訴說著天堂仙境,陽光射下的強光從樹梢瀉下來把在岩石旁睡著的Saya和Avas驚醒了。

Saya眯著眼睛環顧四周,只見到處是枝葉茂密的樹木,心想:「難道我們已經找到出口了?」於是趕快叫醒Avas。

「Avas,我們找到出口了。」Saya高興地說。

Avas站起來,睜大眼睛看著四周,眼前林木森森,水聲淙淙。

「快去河流那裡看看就可以知道怎麼走回村落了。」Saya說。

Saya和Avas兩個人一路小心翼翼地撥開草叢走著,終於來到了河流邊。

「等一下,這條河流好高喔。」Saya氣喘吁吁地說。

「不對，這裡不是。」Avas判斷說。

「什麼？」Saya茫然說。

Avas向河流左右前後觀望了一下說：「這是另外一條河的上游，往下走就是村民和Taroko人交易的據點。」

「村民不是在上游和Taroko人交易嗎？」Saya質疑說。

「是沒錯，我曾經和Papo來過，Papo說從村落上來還有另外一條河和我們的河交會，我想應該就是這條河了。」Avas想了一下說。

「等一下。」Saya說完跑回了樹林。

「Saya，你在做什麼？」Avas不解地說。

「也許我們回到山洞往回走就會回到村落的樹林喔。」Saya建議說。

「不行，我們已經在裡面迷失一夜了，Papo會擔心的，還有Lono王子也會擔心你啊。」Avas提醒說。

「那就讓他擔心吧。」Saya淡淡地說。

就在Saya和Avas僵持不下的時候聽到有跑步聲傳過來，兩個人趕緊躲在草叢裡，靜靜聆聽聲音的來源。

「在河那邊。」Saya判斷說。

Saya二人慢慢移動著腳步，結果發現了一群身穿和村民不同衣服的人。這些男子手持弓箭，頭戴羽毛帽子，正朝著一個假人彎弓射箭，箭法相當準確。

「是Taroko人。」Avas悄聲說。

Saya一聽驚呆了，兩人輕手輕腳地回到了樹林。思忖著：「眼前這座大山壁阻礙了去路，要嘛回山洞，要嘛沿著河流走，只能選擇其中一條路徑。」Saya沉思著到底應該該怎麼做。

「Saya，現在怎麼辦呢？」Avas皺眉說。

「回山洞，我們已經知道路了，應該很快就可以回到原來的樹林了。」Saya拿定了主意說。

Saya和Avas就這樣走回到原來的山洞。

Lono王子先在村落裡和村民交換著意見之後回到了集會所。這個時候Lono王子又從村落走到了山坡上，正巧遇見迎面而來的巡守隊員。

「找到Avas和Saya沒有？」Lono王子說。

巡守隊員搖了搖頭。不久，Pilanu也走過來了。

「王子。」Pilanu點頭招呼說。

「我要到沙灘看看。」Lono王子突然說。

Lono王子和Pilanu兩個人往海岸沙灘走去，沿著礁岩走，來到Kidis沙灘，在這裡活動的村民如往常一樣沒什麼改變。他們在沙灘的四周繞了一圈，河谷、海岸礁岩、沼澤地裡，都沒有發現Saya和Avas的蹤跡。Lono王子心裡著急，一個人坐在礁岩上呆望著大海大半天，Pilanu不敢打擾他。現在Lono王子要去Takili河的事必須延後了，他捎了信，拜託一位村民送到Takili河村落給Api。

Papo從村落走出來，看見Pilanu，劈頭就問：「王子呢？」

「在那裡。」Pilanu伸手指著遠處的礁岩上面說。

「唉，Avas到底跑去哪裡了？」Papo嘆口氣說。

「還沒找到嗎？」Pilanu看著Papo的臉問說。

「別說整座樹林，連河谷都找遍了，就是沒看見。」Papo無奈地說。

「不會無緣無故消失吧？」Pilanu笑笑說。

「別開玩笑。」Papo嗔怪說。

看著大海被陽光照得閃閃發亮，Lono王子第一次感覺到失落。Saya已經成為了他生命的一部分，過去因為忙著村落的事，忘

了她的存在，現在她突然失蹤了，又感到好空虛。村民的船隻來來回回的在海面穿梭，Lono王子走到沙灘和村民在海上比賽刺魚來轉移心裡對Saya的想念。Lono王子和村民又在海上遇到了浪速村落的村民，大夥興致一來更熱鬧了，玩得不亦樂乎。Avango得知Lono王子在海上，於是搭了船前來尋找。

Lono王子一看見Avango就朗聲笑著說：「咱們很久沒有一起撈魚了，怎樣？來比賽如何？」

「好啊。」Avango點頭笑笑說。

在海上跑累了，就把船靠在礁岩旁，兩個人登上礁岩並肩坐著，看著大海吹著風。

「Avango，Saya失蹤一夜到現在都還沒回來。」Lono王子突然說。

「Saya失蹤？派人去找了嗎？」Avango大吃一驚說。

「Papo已經找了一夜了，早上到現在還在找。」Lono王子答說。

「是喔，要不我也派巡守隊在這山頂上找找看，這裡和大濁水溪很近。」Avango關切地說。

「以前我總是不知道珍惜Saya，現在她突然失蹤，感覺身邊好像少了什麼。」Lono王子悵然地說。

Avango看得出Lono王子的失落和焦急，安慰說：「你是為了村落的事忙啊，相信她會諒解的。」

「你有想過有一天Abas也離開你身邊的時候會如何嗎？」Lono王子喃喃地說著。

這一句話卻讓Avango陷入了長考。兩個人其實想都沒有想到會有這麼一天吧？Lono王子看看Avango又看看大海，波浪層層疊疊，正如他的心情愁緒萬端。

正當Lono王子二人坐在礁岩上怔怔地望著大海，各自想著心

事時，突然有位村民傳話來了。

「Lono王子，Papo說已經找到Avas和Saya她們了。」

Lono王子乍聞以為是在夢中聽見，愣愣地沒有表情。直到Avango告訴他一切都是真的，他才猶如大夢初醒地反應過來。於是，兩個人就在這礁岩海邊作別，各自回到村落去了。

70.Saya肚子裡有孩子了

Saya和Avas一從山洞裡走出來，就在樹林裡被正在山坡上採果子的村民發現了，村民立刻通知巡守隊。兩個人看起來真的走累了，腳步沉重。

「腿好痠喔。」Avas拖著腳步說。

「我也是。」Saya苦笑著說。

「我們跑太快了。」Avas喘著氣說。

「Avas，我好累喔。」Saya有氣無力地說著，忽地昏倒了。

「Saya，Saya，不要嚇我！」Avas大聲叫喚著，自己也累得快暈過去了。

過了不久，當村民帶著巡守隊來到山上時，只見兩個人都已昏倒在地。

「快，快揹回去！」村民催促著說。

村民將兩個人扶在兩名巡守隊員的背上，慢慢走回到村落，立即送往村醫所。

「怎麼樣了？」Pilanu著急地問道。

「沒有其他大問題，只是太久沒進食，以致體力不支昏倒了。」村醫說。

「快叫人準備些食物。」Pilanu吩咐說。

　　巡守隊員應命之後走出了村醫所。村醫正在煎煮草藥給她們補補身子，Pilanu也在一旁幫村醫的忙。

　　過了一會兒，Papo和Lono王子走進村醫所，看見了正在床上昏睡著的Avas和Saya，兩個人分別走向自己妻子的床前，握著愛妻的手，淚水早已滑落在臉上。

　　Papo握著Avas的手，又氣又憐地說：「你真的很壞，自己搞失蹤就好了，還把Saya給搞丟了。」

　　Avas似乎聽見了，手抽動了一下，Papo看著她說：「你沒事吧？」

　　Avas慢慢張開眼睛，發現身處村醫所，掙扎著想坐起來，卻被Papo制止了下來。

　　「Saya呢？」Avas說完咳了一下。

　　「來，喝了這湯藥就緩和了。」村醫端了一碗湯藥過來說。

　　Papo接過藥碗，餵她喝下。在一旁的Lono王子仍然愁眉雙結地凝視著昏睡中的Saya。

　　Avas注視著Saya略顯蒼白虛弱的臉片刻，衷心歉疚地對Lono王子說：「王子，對不起，都是我不好。」

　　Lono王子沒有回應，恐怕是聽而不聞吧？

　　Papo困惑不解地詢問村醫說：「Avas都醒了，為什麼Saya卻還沒醒呢？你不是說她們只是體力不支而已嗎？」

　　村醫沒有說話，Pilanu狐疑地說：「村醫，你是不是有什麼事瞞著呢？」

　　「這……Saya的身體比較麻煩些。」村醫囁嚅地說。

　　「什麼麻煩？一定要救醒Saya。」Pilanu發急了說。

　　「Pilanu，不要逼村醫。」Lono王子突然發聲說。

　　「村醫，Saya是不是有什麼其他病症呢？」Avas擔心地問說。

「這……這也不是什麼病症，是因為Saya肚子裡有孩子了，所以才……」村醫遲疑了一下說。

村醫說的話讓Lono王子大吃一驚，喜出望外地說：「村醫你說什麼？Saya有我的孩子？」

「是，王子。」村醫點點頭說。

此刻Saya醒了，睜開眼睛看著Lono王子說：「你怎麼了？為什麼哭了？」

「Saya，你醒了。」Avas喜極而泣說。

「你不要怪Avas，是我自己要出去走走的。」Saya對Lono王子說。

「你醒來就好。」Lono王子握著她的手，柔聲說。

Saya想起身坐著，Lono王子趕快扶著她。

村醫又端了另一碗湯藥給Lono王子說：「王子，這個讓Saya喝下，身子會好些。」

Lono王子接過藥碗，看著Saya把湯藥喝下。Saya醒來，眾人才終於放下了心中大石。折騰了一陣子，大夥終於能離開村醫所，各回各家去。

回家之後，Avas告訴Papo，她和Saya二人進入一個新發現的大山洞，這山洞的出口是另外一條河流，那裡也有一大片樹林，就是從村落的河谷上游走到河流交會的地方，也就是村民和Taroko人交易的山谷，在那裡的大山壁上面還有很多河流，河流旁邊有Taroko人在那裡巡邏。

Papo對於Avas的話感到不可思議，問說：「什麼山洞、樹林的？」

「你要相信我，我沒有騙你。」Avas提高了聲調說。

「你千萬別再找Saya去山洞了。」Papo警告說。

「不會啊，Saya說Lono王子會自己去。」Avas嘓著嘴說。

「什麼？」Papo驚呼一聲。

「你說得沒錯，我是想自己去。」Lono王子突然現身說。

「那Takili河的事怎麼辦？」Papo質疑說。

「我已經交代Pilanu去做了。」Lono王子微笑著說。

「王子。」Papo輕聲說。

「你不能離開村落，派兩個巡守隊員給我吧。」Lono王子吩咐說。

「是。」Papo應了一聲。

Avas靜靜地聽著Lono王子和Papo的交談，心裡莫名其妙地震了一下。

「Avas，麻煩你照顧一下Saya。」Lono王子誠摯地說。

「別再亂跑了。」Papo輕斥了一聲說。

「我知道啦！」Avas撒著嬌說。

Lono王子笑笑地離開了，Papo也跟著出去了。Avas一個人悶得有些慌，加上突然感覺肚子餓了，於是就出門去找吃的了。

71.別有洞天

從山坡上來到樹林邊，Lono王子想著Saya的話：「就在樹林邊緣有一個很大的岩石，草叢裡面有一個山洞。」

Lono王子和巡守隊仔細找尋著，Lono王子說：「快找一塊大岩石。」

然而，他們已經走遍了整座樹林，搜索了每一個角落，卻還是沒有任何發現。

突然，有個巡守隊員大叫說：「王子，找到了！」

　　Lono王子和另一名巡守隊員立刻跑過去。果然是一塊好大好大的岩石，撥開草叢還真看見了一個很大的洞口。

　　「我們進去。」Lono王子說完隨即走進山洞。

　　哇，景色真的美極了，奇岩怪石，姿態各異。

　　「想不到這裡面有這麼寬廣的地方，簡直像另一個世界。」Lono王子說。

　　巡守隊員一邊走，一邊驚嘆連連，走不多久又看見一根石柱下方有個不明記號。

　　「王子。」巡守隊員指著記號說。

　　「是Saya留下來的。」Lono王子也看著記號說。

　　Lono望著四周的石柱和野草，還有從岩石壁流下來的水泉說：「再找找看，一定還有這些記號，我們就快到出口了。」

　　就這樣，Lono王子一行人循著Saya刻意留下的記號在山洞迷宮裡走著。

　　在此同時，Pilanu正攜帶著Lono王子的書簡，快速地回到了Takili河的村落。村民看見Pilanu回來非常高興，一直詢問王子有什麼打算。

　　Pilanu在村落聽取村民的意見和巡守隊的回報之後，告訴村民說：「不要擔心，我已經帶來了Lono王子的指示，如果Taroko人再出現的話立刻告訴我。」

　　聽到Pilanu這麼一說大家頓時鬆了一口氣，Pilanu最後叮嚀著說：「大家先回去吧，一切作息正常。」

　　Api得知Pilanu回來了，也來到集會所。

　　Pilanu一看見Api隨即向前深情地握著她的手說：「辛苦你了。」

　　「你還沒吃吧？我煮了些魚湯和魚肉飯，回去吃吧。」Api關

切地說。

「嗯。」Pilanu輕答。

這兩個小別勝新婚的夫妻就這樣手牽著手回到了住所。在飽餐一頓之後，Pilanu感覺到幸福倍添。

「你說什麼？Saya有孩子了？」Api驚訝地說。

「是啊，是失蹤後回來昏倒才發現的。」Pilanu解釋說。

「那Avas一定嚇死了吧。」Api瞪大眼睛說。

「那還用說，要是我們未來的村落小王子發生什麼事，她可能賠不起呢。」Pilanu開玩笑說。

Api沒有說話，低著頭沉思著，臉上帶著一抹神祕的微笑。

「你在笑什麼？」Pilanu茫然不解地說。

「我在替Saya高興呀！」Api說。

「有什麼好高興的？」Pilanu帶著一絲不悅地說。

「你怎麼這樣。」Api有點生氣地說。

「別生氣，我的意思是Lono王子有了自己的孩子，那我呢？你是不是也該給我……」Pilanu看著Api神情曖昧地說。

Api把他推開，發著嬌嗔說：「你好討厭。」

Pilanu順勢摟著Api柔情似水地凝視著Api的臉說：「你一定要幫我生很多孩子，這樣村落才會熱鬧。」

「不要。」Api在丈夫懷裡扭動著身體說。

Pilanu緊緊地抱住Api，不讓她從懷裡逃走。就在這個時候，Pilanu二人聽到外面傳來一陣嘈雜聲。

「什麼事這麼吵？」Api雙眉微皺說。

「去看看。」Pilanu輕聲說。

一走進市集，Pilanu只見到處擠滿了村民，Pilanu問了其中一位村民說：「發生什麼事？」

「Pilanu，Taroko人又出現在河的上游了，Lono王子不是有什麼指示嗎？」村民神色驚惶地說。

「終於來了。」Pilanu沉聲說。

Pilanu隨即返回住所並交代巡守隊待命。

72.天然屏障

山坡上，只見Taroko人和村民各持武器對峙著，巡守隊為了守護村民不惜流血對抗。這個時候，一個Taroko人準備揮舞長刀之際，一支箭射來，扎入地裡頭，有羽毛的箭尾那頭猶自微微晃著。眾人驚得張口結舌，一時寂靜無聲。村民很高興，知道救星來了。Pilanu囑咐巡守隊將受傷的人帶回村落療傷，Taroko人在河對岸山坡大叫著，其中一個看似帶頭的人。

Pilanu拿出Lono王子給他的腰牌對著Taroko人說：「認得這個嗎？」

這個腰牌是Taroko人所熟悉的信物，實際上正是各村落間平常互相交通的信物。

那個看似帶頭的人說：「你想做什麼？」

Pilanu要他先叫自己的部屬放下武器，那人疑惑地看著Pilanu，不過還是照辦了，顯見得已然放下了心防，Pilanu隨即收起腰牌。

「這是我們村落王子要給你們村落王子的書簡，希望你能傳達。」Pilanu從身上拿出書簡對著山頂上揮了揮說。

Taroko人半信半疑地瞪視著Pilanu，命人走下山去拿取，Pilanu也交代巡守隊迎過去。

在交換書簡的同時，Pilanu再次拿出腰牌說：「我們無惡意，只想做交流，就像這樣。」

那個人收到書簡後態度平和地說：「暫時相信你，等我們王子的決定吧。」

Taroko人就這樣退離了河谷山坡，回到大山上面去了。Pilanu也鬆了一口氣，嘆息著。

另外一方面，Lono王子在山洞裡循著記號來到了另一頭的樹林出口，一樣有草叢遮蓋的山洞出口，在密叢叢的樹林後面傳來「嘩嘩嘩」的水聲。

「真的就像Saya說的一樣。」Lono王子喃喃自語地說著。

循著水聲來到一個峭壁高聳的河谷，向河谷外張望，雄偉高峻的山嶺，湍急奔流的河水，景色美得如詩如畫，如夢如幻。沿著河流的彎道走，遠遠地就可以看到村民在河谷交會的山坡和Taroko人在交易著貨物。

「王子。」巡守隊員輕喚一聲。

「這座大山阻隔了村落，卻也保護了村落。」Lono王子若有所悟地說。

Lono王子沿著河岸來回巡視了一番，觀察著對岸山坡，不時可以看見Taroko人揹著弓箭狩獵的身影。的確，這正是Taroko人千百年來的傳統生活模式。Lono王子眺望了河谷山壁和樹林來好一會兒，心裡深刻地體會到，眼前這座天然屏障，實在是天神賜予村民的寶貴禮物啊。

「啊！……很好，很好！走吧，我們回去了。」Lono王子仰天長嘆一聲說。

巡守隊和Lono王子退回到岩石壁，又從山洞出口一路走回村落。

73.危機解除了

　　大祭司在Karewan村的祭司府裡感應到了村落的危機漸漸散去，過不多久Lono王子就會提出一個讓村落可以安居樂業、長治久安的計策。然而，這個集歷代先祖智慧之大成的美好計畫，是否真能如願地保護村民，還得看後世子孫的造化。

　　大祭司離開祭司府，穿越市集來到了海岸沙灘。大祭司遊目四顧，一望無際的大海與沙灘，心裡思忖著：「這一片夢幻土地，是先祖一步一腳印辛勤奮鬥的成果，就像散落在沙灘的種子，年復一年地發芽、長葉、開花，然後結果。但是，大海也日復一日、年復一年地沖激著海岸和沙灘，抹去了一代又一代村民的腳印，生命卻無法如天地日月、山巒海洋那般永生不老啊。」大祭司想著想著不禁感嘆起來。

　　此刻，Zawai走到了大祭司身邊，好奇地問說：「大祭司，為何嘆氣啊？」

　　大祭司看著沙灘深有所感地說：「站在這裡才發現，原來我們的生活範圍是這麼地廣大啊。」

　　「是啊，村民高興得不得了呢。」Zawai說。

　　「有Lono王子的消息嗎？」大祭司突然說。

　　「暫時沒有，不過有消息傳來說Saya生病了，所以Lono王子要去Takili河的事延誤了。」Zawai答說。

　　「是嗎？我卻感應到Takili河的事似乎解決了。」大祭司淡淡地說。

　　「真的？那麼我們不是又多了一個來往夥伴了嗎？」Zawai驚喜地說。

　　Zawai說得沒錯，Taroko人一直都是Pusoram人的夥伴。幾千年來，他們彼此之間的關係日益改善，由衝突不斷，到努力化解雙方糾紛，最後和平相處，共生共榮。如今，兩個族群的人在各自的夢幻大山與夢幻大海之中快樂地生活著。

　　一陣海風吹來，把佇立著眺望大海的大祭司差點掀倒，Zawai趕快伸手扶了一把。過了一會兒，Zawai和大祭司離開了海岸沙灘，走回村落。一名巡守隊員正好送來Lono王子的書簡，大祭司看了書簡之後立刻和Zawai共同商議著，想想如何將Lono王子的計畫落實。從此之後，Pusoram人的各個村落有著清晰的共識。那就是，對內要團結村落，彼此扶持保護，對外則以和平為貴，尊重其他族群，友好來往。這樣的認知與風氣在Pusoram人身上呈現得越來越明顯。

　　另一方面，Basay人從海上繼續帶來類似的消息，說在他們村落北方的大海一帶越來越多陌生船隻活動著。然而，這些陌生船隻是否會來到這裡侵襲夢幻王國的生活，就不得而知了。

74.開放Takili河上游一帶

　　Lono王子回到了大濁水溪那邊的村落，這段時間他反覆思考著，深深覺得發現了山坡樹林的那個山洞意義非常重大。Lono王子吩咐Papo在山洞裡做好萬全準備，一旦村民遭遇從遠方大海而來的不明異族入侵的時候，可以有個全身而退的藏身之地，得以確保Pusoram人的血脈不致中斷。另一方面，Lono王子同時也派人發了一個書簡給Avango，請他仔細搜索山坡那一帶，是否也有類似的可以避難的隱密山洞。

　　Lono王子在海岸沙灘準備搭船到Takili河的村落去，行經Kidis

這地方時，有村民報告說他們看到了一個山洞口。Lono王子於是暫停航程，泊好船上岸觀察之後交代巡守隊員去向Papo報告，讓他處理後續的問題。Lono王子自己則繼續帶著Saya來到Takili河。村民在海岸邊看見了Lono王子的船來到，顯得特別高興，爭相走告。

「王子，Taroko人不會再來打擾了。」村民開心地報告說。

Lono王子露出笑容看著海岸山坡片刻，又繼續往村落走去，不想卻在市集裡遇見了Pilanu。

「王子，你時間算得真準啊，剛剛我才拿到Taroko王子的書簡呢。」Pilanu笑著說。

「是嗎？」Lono王子說著看著Pilanu笑了一笑。

兩個人往集會所走去，Lono王子看到Taroko人另一位村落王子的書簡，不禁喜孜孜地露出了笑容。

Lono王子沉吟了一下，然後告訴Pilanu說：「公告出去，以後Takili河上游也開放給村民和Taroko人交易，就和大濁水溪上游一樣。」

「是。」Pilanu應了一聲。

「我要出海去，你去準備一下。」Lono王子又交代說。

Pilanu離開了集會所，Lono王子和Saya也轉身返回Pilanu為他們準備的住所。

Saya看著Lono王子，開玩笑地說：「你的臉怎麼還那麼臭，那麼僵硬？一切不是都處裡好了嗎？」

Lono王子抱住了Saya說：「從現在開始，我會永遠陪著你，不會再放下你一個人。」

Saya心裡甜滋滋的，喜笑顏開，幸福想藏也隱藏不住。

「我要出海去做最後一件事。」Lono王子突然說。

「咦？」Saya輕嘆一句。

「放心，不會很久的。」Lono王子凝視著Saya柔聲說。

就這樣，Saya一個人留在住所，等待Lono王子的歸來。

75.大山歸Taroko人，大海歸Pusoram人

Lono王子來到海岸沙灘時，Pilanu的船已經準備好了。

Lono王子隨即上了船，Pilanu問說：「要往哪個方向？大濁水溪嗎？」

「不，今天我們反方向走。」Lono王子指著另一邊說。

「這不就是水晶去過的地方嗎？」Pilanu突然想起來，驚訝地說。

「快出發吧！」Lono王子沒有多做解釋，下令說。

從Takili河往右邊海岸航行，這裡每隔一段海岸就有一個海灣，大大小小的河流不間斷。在海岸山坡下方，分布著大大小小的沙灘和暗礁，其中最大一個暗礁是距離海岸山坡外海的一個大海灣。從Takili河航行過來就可以看見一個很大的暗礁，和海岸山坡形成一個非常大的海灣。在這個海灣裡布滿了大大小小的沙灘，有一條非常大的河流帶著充沛的河水湍急地流向大海，這條河就是木瓜溪。在沙灘滿布的海面上，又有暗礁遮擋了海浪的侵襲，不失為一個避風港。

「看到那座山了嗎？從Takili河延伸過來的大山？」Lono王子打著手勢說。

「看到了，但這跟村民有什麼關係呢？」Pilanu茫然不解地說。

「為了要恢復Pusoram人在夢幻沙灘的樂土，我和Taroko王子簽下協議，雙方都同意這一帶的海岸沙灘都是我們村民的生活範圍，和先祖一樣，大山歸Taroko人，大海歸Pusoram人。」Lono王

子解釋說。

Pilanu看著海岸山坡及沙灘，振奮地說：「王子的意思是以後村民可以到這裡來捕魚，Taroko人也不會來干擾囉？」

「是。」Lono王子笑笑地回答。

「這樣的話，我趕快回村落去，立刻告訴村民這個好消息吧。」Pilanu露出笑容說。

「記得也派人通知Papo和Avango，不過那裡到這裡來好像有點遠。」Lono王子說。

「怎麼會？過去村民也從Tamayan村的海岸到海龜島附近的大海去啊。」Pilanu笑一笑說。

「是啊，也許這是村民的宿命，注定受海神的保護，繼續在大海上搏鬥，討生活。」Lono王子沉吟了一下說。

海面上突然生出一道閃亮光芒，亮光倏地輝耀過大海一直照射到山坡上，最後從大山的山頂上消失。

76.安全協議友好千年

經過了一年之後，村落真的繁榮不少，所有村落正在舉行慶典活動，村落男子在山坡上比賽跑步和射箭，到了夜裡高歌暢飲著。

Saya懷抱著孩子來到Lono王子的身邊，臉上喜孜孜的，燦爛的笑容彷彿山坡上的花朵，在陽光的照射下顯得格外豔麗，又像綻放在海面下的珊瑚花藻，晶瑩剔透。

Api挺著肚子依偎在Pilanu身旁，期待著即將誕生的小生命會為自己的家庭增添歡聲笑語。

至於Papo和Avango心中的喜悅，也無法以言語充分表達。此刻，他們懷著同樣既忐忑又興奮的心情，分別在自家屋外等候著。

屋內不斷傳來產婦陣痛哀嚎的聲音，那是Abas和Avas的哀號聲。過了一會兒，偉大的時刻終於來臨，那是小天使降臨人間的時刻。一聽見嬰兒的「哇哇」哭聲，Papo和Avango笑得合不攏嘴，初嘗身為人父的喜悅。

Piyan抱著孩子的眼神充滿著母愛，Zawai喜悅地擁抱著Piyan母子倆。他們的幸福，和村落裡的其他好友沒有兩樣。是的，世上的幸福家庭，都是相似的幸福呢。

這群千百年前從大海遷徙而來的Pusoram人仍然享受著大海的豐富供給，過著太平盛世一般的幸福生活。此刻，Pusoram人完全不知道在大山的另一邊已經起了變化，在那裡的村落和村民眼睜睜地看著從海上來的不名船隻一步步地逼近了海岸邊、海灣裡。不知何時，大海上陌生船隻相互戰鬥、血染江海、屍積如山的慘烈景象，會在他們的村落之間重演？然而，就在人神共佑之下，Pusoram人和Taroko人的安全協議又維持了一千年，雙方村落的村民就這樣年復一年地過著幸福的生活。

77.Pusoram人去哪裡了？

一千年後，平戶人、西班牙人和明朝人的船隻先後進襲，趕走了Basay人。Basay人被迫來到了Torobuan村的沙灘，徹底趕走了Pusoram人。另一方面，Taroko人因為大山受到另一邊村落村民的侵襲，也不斷地侵擾著Takili河的村民。

Pusoram人腹背受敵，遭受著從大山與大海雙向發動的侵襲，只好躲進了先祖早已預備好的藏身之地。

Pusoram人全都躲進山洞了嗎？他們避過了災難嗎？Pusoram人在荷蘭人、清朝人、日本人、中國人的入侵之後消失了嗎？

78.尋根尾聲

　　噶瑪蘭族（Kbalan）在尋根認祖的時代裡，還是沒有人知道Pusoram人到底去了哪裡？Pusoram人忘記了自己的祖先了嗎？

　　Pusoram人曾經堅信著自己是海神最眷顧的子民，終有一天會回到海神的懷抱，海神也不會忘記自己的子民，不會忘記Pusoram人曾經在這裡打造過一個歷史悠久的海上夢幻王國……

少年文學26　PG1429

宜蘭海傳說
──蘭陽溪的風雲‧藏身好過冬

作者／張秋鳳
責任編輯／廖妘甄
圖文排版／楊家齊
封面設計／王嵩賀
出版策劃／秀威少年
製作發行／秀威資訊科技股份有限公司
114 台北市內湖區瑞光路76巷65號1樓
電話：+886-2-2796-3638
傳真：+886-2-2796-1377
服務信箱：service@showwe.com.tw
http://www.showwe.com.tw

郵政劃撥／19563868
戶名：秀威資訊科技股份有限公司
展售門市／國家書店【松江門市】
104 台北市中山區松江路209號1樓
電話：+886-2-2518-0207
傳真：+886-2-2518-0778

網路訂購／秀威網路書店：http://www.bodbooks.com.tw
　　　　　國家網路書店：http://www.govbooks.com.tw
法律顧問／毛國樑　律師

總經銷／聯寶國際文化事業有限公司
221新北市汐止區康寧街169巷27號8樓
電話：+886-2-2695-4083
傳真：+886-2-2695-4087

出版日期／2015年9月　BOD一版　定價／280元
ISBN／978-986-5731-36-6

秀威少年
SHOWWE YOUNG

國家圖書館出版品預行編目

宜蘭海傳說：蘭陽溪的風雲.藏身好過冬 / 張秋鳳
著. -- 一版. -- 臺北市：秀威少年, 2015.09
  面；　公分. -- (少年文學 ; 26)
BOD版
ISBN 978-986-5731-36-6(平裝)

863.859   104014265

讀 者 回 函 卡

感謝您購買本書,為提升服務品質,請填妥以下資料,將讀者回函卡直接寄
回或傳真本公司,收到您的寶貴意見後,我們會收藏記錄及檢討,謝謝!
如您需要了解本公司最新出版書目、購書優惠或企劃活動,歡迎您上網查詢
或下載相關資料:http:// www.showwe.com.tw

您購買的書名:_____

出生日期:_____年_____月_____日

學歷:□高中 (含) 以下　　□大專　　□研究所 (含) 以上

職業:□製造業　□金融業　□資訊業　□軍警　□傳播業　□自由業
　　　□服務業　□公務員　□教職　　□學生　□家管　　□其它_____

購書地點:□網路書店　□實體書店　□書展　□郵購　□贈閱　□其他

您從何得知本書的消息?

　□網路書店　□實體書店　□網路搜尋　□電子報　□書訊　□雜誌

　□傳播媒體　□親友推薦　□網站推薦　□部落格　□其他_____

您對本書的評價:(請填代號　1.非常滿意　2.滿意　3.尚可　4.再改進)

　封面設計____　版面編排____　內容____　文/譯筆____　價格____

讀完書後您覺得:

　□很有收穫　□有收穫　□收穫不多　□沒收穫

對我們的建議:_____

_____

_____

_____

11466
台北市內湖區瑞光路 76 巷 65 號 1 樓

秀威資訊科技股份有限公司　　　　收

BOD 數位出版事業部

⋯⋯⋯⋯⋯⋯⋯⋯⋯⋯⋯⋯⋯⋯⋯⋯⋯⋯⋯⋯⋯⋯⋯⋯⋯⋯⋯⋯⋯⋯

（請沿線對折寄回，謝謝！）

姓　　名：＿＿＿＿＿＿＿＿＿　年齡：＿＿＿＿　性別：□女　□男

郵遞區號：□□□□□

地　　址：＿＿＿＿＿＿＿＿＿＿＿＿＿＿＿＿＿＿＿＿＿＿＿＿＿＿

聯絡電話：(日)＿＿＿＿＿＿＿＿＿＿(夜)＿＿＿＿＿＿＿＿＿＿＿

E-mail：＿＿＿＿＿＿＿＿＿＿＿＿＿＿＿＿＿＿＿＿＿＿＿＿＿＿